De schaduw van de wind
Stadsgids

Sabine Burger, Nelleke Geel,
Alexander Schwarz

De schaduw van de wind
Stadsgids

Signatuur

2006

Omslagontwerp: Wil Immink Design
© Foto's Sabine Burger, Alexander Schwarz
© Plattegronden Ajuntament de Barcelona
© Plattegronden Mitar Vasic

Typografie: Pre Press B.V., Zeist
Druk- en bindwerk: Koninklijke Wöhrmann, Zutphen

ISBN 978 90 5672 190 9
NUR 300/512

Derde druk, juni 2008

Mixed Sources
Productgroep uit goed beheerde bossen, gecontroleerde bronnen en gerecycled materiaal.
FSC www.fsc.org Cert no. CU-COC-802528
© 1996 Forest Stewardship Council

Dit boek is gedrukt op papier dat het keurmerk van de Forest Stewardship Council (FSC) mag dragen. Bij dit papier is het zeker dat de productie niet tot bosvernietiging heeft geleid. Een flink deel van de grondstof is afkomstig uit bossen en plantages die worden beheerd volgens de regels van FSC. Van het andere deel van de grondstof is vastgesteld dat hiervoor geen houtkap in de laatste resten waardevol bos heeft plaatsgevonden. Daarom mag dit papier het FSC Mixed Sources label dragen. Voor dit boek is het FSC-gecertificeerde Munkenprint gebruikt. Dit papier is 100% chloor- en zwavelvrij gebleekt en wordt geleverd door Arctic Paper Munkedals AB, Zweden.

Voorwoord

Dat *De schaduw van de wind* niet alleen voor ons leeft, hebben wij ondervonden in de taxi in Barcelona. De chauffeur vertelde dat hij het boek net twee dagen geleden had uitgelezen en trakteerde ons op een ommetje om te laten zien waar volgens hem de huizen lagen waar we naar op zoek waren. De schrijver wees later een heel andere plek aan, maar het voorval illustreert uitstekend hoe iedere lezer zich een eigen beeld vormt van de plekken en gebeurtenissen uit de roman.

Carlos Ruiz Zafón brengt ons met zijn boek op plekken in de stad die je anders niet zonder meer zou opzoeken. Sommige plekken zijn heel mooi en hebben verder geen toelichting nodig, andere lijken veel minder interessant, maar prikkelen door de roman toch onze verbeelding en nodigen ons uit om naar het mysterie op zoek te gaan dat erachter zou kunnen zitten.

Dus willen wij Carlos Ruiz Zafón op deze plaats hartelijk bedanken, niet alleen voor een boek dat zo tot de verbeelding spreekt, maar ook voor de tijd die hij heeft vrijgemaakt om ons zijn Barcelona te laten zien. Hij is met ons mee geweest naar de belangrijke plekken uit het boek, heeft verhalen over de stad en over hemzelf verteld en ook aangegeven waar de lezer zijn eigen verbeeldingskracht aan het werk moet zetten.

Omdat de meeste beschreven plekken in de binnenstad liggen, maakt het in feite niet uit waar je start. Alles ligt hier tamelijk dicht bij elkaar en is uitstekend te voet te doen. Om de straten en plekken in de stad makkelijk te vinden, staan deze aangegeven in het Catalaans – want zo kom je ze ook tegen – en dit wijkt soms af van de benamingen in de roman, die geschreven is in het Spaans.

Naast de toeristische informatie vind je in deze reisgids ook tekstkaders met andersoortige informatie. De teksten in de grijze kaders met een lantaarn zijn citaten die afkomstig zijn uit *De schaduw van de wind*. De teksten in de grijze kaders met een draak zijn gedeelten uit gesprekken die wij met Carlos Ruiz Zafón gevoerd hebben, naar aanleiding van het schrijven van deze stadsgids. De onderwerpen die met een mozaïekbolletje zijn aangegeven, hebben niet direct betrekking op *De schaduw van de wind*, maar leken ons wel

de moeite van het vermelden waard.
Wij nodigen je uit om in de beelden en verhalen van de stad te duiken en je persoonlijke Barcelona te ontdekken, maar we hopen vooral dat je veel plezier zult hebben in deze mooie en interessante stad!

Sabine Burger, Nelleke Geel, Alexander Schwarz

Deze stad is een heks, weet u dat, Daniel?
Ze gaat onder je huid zitten en
steelt je ziel zonder dat je het doorhebt.

Inhoud

DISTRITO 1º
BARRIO 5º
MANZANA 2ª
CALLE DE LA
LIBRETERIA
PROHIBIDO
EL TRÁNSITO
DE CARROS

Barri Gòtic

> Mijn vader en ik woonden in een klein appartement aan Calle Santa Ana, naast het kerkplein. De woning lag direct boven de boekhandel, gespecialiseerd in verzamelaarsuitgaven en tweedehands boeken, overgegaan van mijn grootvader op mijn vader – een betoverde bazaar die, hoopte mijn vader, ooit in mijn handen zou overgaan.

Boekwinkel Carrer de Santa Anna

Vanuit de Carrer de Santa Anna is de ingang naar bovengenoemd kerkplein en naar de kerk zelf te vinden in een doorgang met een bloemenstalletje. Als mogelijk voorbeeld voor de boekhandel uit de roman dienen de twee winkeltjes links van de doorgang: ouderwets ingericht en beide met prachtige, oude buitengevels – en beide met huisnummer 27. Het appartement zou boven de winkels liggen en als je via de doorgang op het kerkplein stapt, kijk je op de achterkant van het appartement dat dan boven de bloemenstal ligt: een tamelijk oud huis, een tikje somber, je ziet voor je hoe Daniels vader bij het licht van een enkel lampje in zijn leunstoel zit te wachten op de thuiskomst van Daniel, een vergeten boek op zijn schoot.

Een boekwinkel was en is hier echter niet te vinden, maar er zijn er wel een paar op andere plekken in de binnenstad die, samen met de oude gevels van nummer 27, mogelijk als inspiratiebron hebben gediend om de boekhandel van Daniels vader gestalte te geven.

De woning van de Semperes, uitkijkend op Santa Anna

Llibreria Rodés

Een vrij kleine winkel met fraaie, ouderwetse boekenkasten die

Het portaal van Santa Anna

De naamgeefster boven de ingang

tot op de laatste millimeter volgepropt zitten. Ook kun je hier oude ansichtkaarten vinden met afbeeldingen van Barcelona van de laatste honderd jaar.
Carrer dels Banys Nous, 8

Llibreria Almirall

Als je deze winkel binnenkomt, is het net of je in een andere tijd stapt. De buitenkant van de winkel is gesierd met een prachtige, oude gevel en het interieur is heerlijk ouderwets, van de boekenkasten tot en met de kassa.
Carrer de la Princesa, 16

Llibreria Sant Jordi

Deze kleine boekwinkel met een mooie, withouten inrichting, is

Logisch, als je een straat ziet zoals deze, dat je het gevoel krijgt in een soort Disneyland-decor rond te lopen, maar zo was het natuurlijk helemaal niet. Dit was meer een verlaten, donkere steeg, meer niet. Nu ziet het hele gebied er zo opgepoetst uit, zeker als het vol is met mensen. Maar ik kan me herinneren, toen ik nog kind was, dat hier helemaal geen toeristen liepen, dit was echt geen sjieke buurt. Er waren wel wat winkels, maar het was toch voornamelijk een woonwijk. Een woonwijk die bovendien stukje bij beetje aan het instorten was. Een wereld van verschil met nu, nu lijkt het bijna een decor.

De sfeervolle boekhandel Almirall

gespecialiseerd in architectuur-, kunst- en designboeken.
Carrer de Ferran, 41

Llibreria Canuda

Direct naast het Ateneum bevindt zich een vrij grote, antiquarische boekwinkel die een ruime keuze biedt.
Carrer de la Canuda, 4,
www.libroscanuda.com

Església de Santa Anna

Het klooster dat in de twaalfde eeuw is gesticht, is al sinds de negentiende eeuw niet meer in gebruik. Wel is het kloostergebouw intact gebleven en is de kapittelzaal te huur voor evenementen. De oorspronkelijk Romaanse kerk ernaast wordt voor diensten, trouwerijen en mu-

Dit is de kerk waar Bea en Daniel gaan trouwen, waar Fermín eerst de pastoor de kerk insleurt omdat hij weigert de trouwceremonie te houden wegens de zwangerschap van de bruid, om vervolgens pater Fernando Ramos in te schakelen die van zijn leven nog geen huwelijk had ingezegend. Hier krijgt Fermín van de bloemenverkoper de witte anjer die hij op zijn revers draagt tot de bloem tot stof vergaan is. Trouwens, ik ben er zelf ook getrouwd. Mijn vrouw wilde dat graag. Dus zijn we hier getrouwd.

Na het jawoord in de Església de Santa Anna

ziekuitvoeringen gebruikt en is daarvoor uiteraard een uiterst sfeervolle ambiance. Jaren na het huwelijk van Bea en Daniel is dit nog steeds een heel bijzondere locatie.

Avinguda del Portal de l'Àngel

De Avinguda del Portal de l'Àngel is een moderne winkelstraat, je komt er dezelfde winkels tegen als in elke grote Europese stad, maar de oude straatlantaarns zijn behouden gebleven. Dus 's nachts, zonder winkelend publiek, kost het geen enkele moeite je de schrik van Daniel voor te stellen bij het zien van die omineuze figuur die daar roerloos naar het huis van Daniel staat te kijken, met een gloeiend sigarettenpuntje als enige beweging.

Het is de moeite waard om naast de Ramblas en de Avinguda del Portal de l'Àngel, die je natuurlijk wel een keer gelopen moet hebben, ook een aantal zijstraten in dit stukje stad in te duiken, zoals de Carrer de la Canuda, Carrer d'En Bot, Carrer del Duc de la Victòria, Carrer de Portaferrissa en Carrer dels Boters. Al deze straatjes horen bij het grote winkelgebied, maar ze bieden meer kans op de ontdekking van gekke, leuke, mooie of aparte winkeltjes dan de brede Avinguda zelf.

Hetzelfde geldt voor de straatjes rondom het Plaça del Pi en het Plaça de Sant Josep Oriol, waar

Ik had geen slaap, noch zin om te proberen te slapen. Ik stapte het balkon op en hing over de rand, tot ik een wazige weerschijn zag die uit de straatlantaarns van de Puerta del Ángel stroomde. De figuur tekende zich af tegen een schaduwvlek die onbeweeglijk over het plaveisel hing. Het zwakke amberkleurige geknipper van de punt van een sigaret reflecteerde in zijn ogen. Hij droeg donkere kleding, een hand in de zak van zijn jasje, de andere hield de sigaret vast die een spinnenweb van blauwe rook rondom zijn gezicht weefde. (...) In de scène waar ik zojuist getuige van was geweest, had de vreemdeling een willekeurige nachtbraker kunnen zijn, een figuur zonder gezicht of identiteit. In Carax' roman was de onbekende de duivel.

de Església de Santa Maria del Pi staat, altijd leuk om even naar binnen te lopen. Misschien val je binnen tijdens een gitaarconcert, misschien kom je terecht in een kerkdienst – het kan allemaal. Ook zijn hier een heleboel interessante winkeltjes te vinden, vaak gespecialiseerd in het een of ander. Op bovengenoemde pleinen worden bovendien vaak markten gehouden, waar schilderijen, oude spullen en antiek, souvenirs of biologische producten van de boeren uit de omgeving worden verkocht. Terrasjes, bars en restaurants – in Barcelona is daar geen gebrek aan – completeren het geheel en maken het tot een zeer aantrekkelijk stukje stad om doorheen te dwalen.

In de schaduw van een straatlantaarn

L'Ateneu Barcelonès

In het Ateneu Barcelonès is nu een culturele instelling gevestigd. Het gebouw kent een grote bibliotheek en de diverse ruimtes in het gebouw worden gebruikt voor conferenties en cursussen. Ook worden er regelmatig exposities georganiseerd. Er is een patio en een tuin, maar

> Halverwege de middag, het was al zo'n dertig graden, vertrok ik in de richting van Calle Canuda voor mijn afspraak met Barceló in het Ateneum (...) Het Ateneum was – en is dat nog steeds – een van de vele plekken in Barcelona waar de negentiende eeuw nog niet het bericht van zijn pensionering heeft ontvangen. De brede, stenen toegangstrap liep omhoog vanaf een paleisachtige patio naar een spookachtig raster van galerijen en leessalons waar uitvindingen als de telefoon, de jachtigheid of het polshorloge futuristische anachronismen leken. De portier, of misschien was het slechts een standbeeld in uniform, merkte mijn komst nauwelijks op. Ik sloop omhoog naar de eerste verdieping en prees de wieken van een snorrende ventilator te midden van slaperige lezers die als ijsblokjes smolten boven hun boeken en kranten.

helaas zijn grote delen van het gebouw voor bezoekers niet vrij toegankelijk. Bij de ingang kun je je wel een idee vormen van hoe de rest van het gebouw eruitziet, en met een beetje geluk vindt er net een expositie plaats. Carrer de la Canuda, hoek Plaça de la Vila de Madrid, www.ateneubcn.org

Enkele meters verder, op het Plaça de la Vila de Madrid, zijn overblijfselen te zien van het Barcelona ten tijde van de Romeinen; het betreft hier de restanten van een begraafplaats.

Carrer de Petritxol

Carrer de Petritxol is zeker de moeite waard om lekker doorheen te wandelen. Het is een levendig straatje met veel winkeltjes, galerieën en bars. Nog steeds zijn er een aantal *granjas* gevestigd, waar je oorspronkelijk zuivelproducten kon kopen. Nu kun je er genieten van koffie, milkshakes, cake en gebak. Wie zoekt naar de sfeer uit de roman, zou de Carrer d'En Roca eens moeten inlopen, die parallel loopt aan de Petritxol. Hier geen winkeltjes en bars, maar uithangend wasgoed, oude huizen en heiligenbeelden aan de gevels.

Plaça Sant Felip Neri

Plaça Sant Felip Neri is nauwelijks een luchtgat in het labyrint van straten dat de Barri Gòtic vormt, verborgen achter de oude Romeinse muren. De muren van de kerk waren bespikkeld

> Clara vond het heerlijk om ergens te gaan zitten en naar het gemompel van de mensen in de kloostergalerij te luisteren en de echo's te raden van de voetstappen in de stenen steegjes.(...)Vaak nam ze me bij de arm en dan leidde ik haar door ons eigen privé-Barcelona, een dat alleen zij en ik konden zien. Altijd eindigden wij in een bar in Calle Petritxol, waar we een portie slagroom deelden of een hete chocola met lange vingers.'

met de inslagen van het mitrailleurvuur uit de oorlogsdagen. Een groepje jongens speelde er soldaatje, onwetend van de herinnering van de stenen. Een jonge vrouw met zilverkleurige strepen in het haar bekeek ze vanaf een bankje, met een opengeslagen boek in de handen en een afwezige glimlach op haar gezicht. Volgens de aanwijzingen woonde Nuria Monfort in een gebouw aan de voet van het

Gehavend, maar nog net te lezen

plein. De constructiedatum was nog steeds te lezen in de zwart geworden stenen boog die het portiek bekroonde: 1801.

Het plein ligt inderdaad een beetje verstopt achter de kathedraal. Een doorgang naar het plein ligt tussen de kerk Sant Sever en het Palau del Bisbat, de tweede doorgang is vanuit de Carrer de Sant Sever. Desondanks zie je beide doorgangen bijna over het hoofd, zo onopvallend zijn ze. Het plein zelf is merkwaardig stil en afgesneden van het rumoer van de stad. In het midden staat een grote boom en een fontein. De wonden in de muren zijn nog steeds zichtbaar en geven de kerk een verweerd gezicht. Veel mensen denken dat de gaten in de muren van geweerkogels afkomstig zijn. In werkelijkheid is er tijdens de Spaanse Burgeroorlog een vliegtuigbom midden op het plein terechtgekomen. De schoolkinderen die op dat moment op het plein speelkwartier hadden,

Stille getuigen tonen nog steeds de oude wonden

Nuria's huis: het raam linksboven

maar ook de kinderen in het aangrenzende schoolgebouw, hebben het niet overleefd.
Nuria's vermeende woning is een van de verdiepinkjes in het gebouw tegenover het restaurant van hotel Neri, dat ook aan dit plein ligt. De wat sombere, duistere omgeving vormt de perfecte omlijsting voor Nuria's karakter, de blik voor altijd gericht op het verleden.

Joodse wijk Call

Het plein ligt tegen de voormalige joodse wijk Call aan, die wordt begrensd door Carrer del Call, Carrer Arc de Sant Ramon, Carrer Sant Honorat, Carrer Sant Sever en Baixada Santa Eulàlia. Van de joodse wortels is in Barcelona op het eerste gezicht niet veel meer te bespeuren. De joden onderhielden uitgebreide handelscontacten met het Nabije Oosten en het noordelijke deel van het Afrikaanse continent en om die reden vormden zij een economische factor van belang. Wel waren de joden altijd al onderworpen aan bijzondere wetten en regels. Op 5 augustus 1391 werd de Call door een plunderende en moordende meute overvallen en een decen-

Joodse geschiedenis – en het nu

nium later werden de joden gedwongen zich elders te vestigen. Toch konden ze zich in de Middeleeuwen nog wel handhaven in de stad. De Spaanse inquisitie vervolgde de joden echter structureel, wat toen langzaamaan al tot het verdwijnen van de joodse cultuur leidde. Maar nadat de inquisitie zich in 1482 in Barcelona zelf had gevestigd, werden de joden gruwelijk achtervolgd en in 1492 dwongen de Spaanse koningen – de *Reyes Católicos* Isabel en Fernando – de joodse bevolking uiteindelijk zich óf te laten dopen óf het land te verlaten. Veel joden verlieten hierop het land en namen hun handelscontacten en hun kennis met zich mee. Dat de hoofdsynagoge (Carrer Marlet, 5) nu weer toegankelijk is, is gedeeltelijk te danken aan een gelukkig toeval. De kelder waar resten van de synagoge ontdekt werden, was jarenlang gebruikt als opslagplaats voor elektrische apparatuur. De Associació Call de Barcelona kocht het gebouw toen het in 1995 te koop stond, naar aanleiding van de onderzoeken van een historicus.

De façade staat gericht naar het zuid-oosten (Jeruzalem) en bij verdere opgravingen werden resten gevonden uit de Romeinse tijd, wat erop zou kunnen duiden dat de synagoge de oudste van Europa is. Van het hele complex zijn slechts delen behouden gebleven, omdat door de eeuwen heen stukken zijn afgebroken en weer herbouwd.

Op de Carrer dels Banys Nous zijn nog meer resten van het joodse leven te traceren, want hier lagen de traditionele baden. Op nummer 10 (S'Oliver, interieurwinkel) kun je nu, waar ooit de *mikve* voor mannen was, stoelen en tafels uitzoeken, en

Het beste is om te proberen op het dak van de kathedraal te komen. Er is een lift en ik ben wel eens met een vriend naar boven gegaan, maar er zijn feitelijk maar weinig plekken waar je mag komen. We raakten enigszins verdwaald en liepen rond bij die torens tot we gepakt werden omdat we er verdacht uitzagen! We wisten niet dat we ons op een verboden stuk van de kathedraal bevonden. Als je boven bent en naar beneden kijkt, ontstaat er een gek gecomprimeerd beeld van de stad, die als het ware langs je heen suist.

waar Carrer dels Banys Nous kruist met Carrer De La Palla, is beneden in koffiehuis Caelum de ruimte te zien waar de vrouwen baadden. Nu is het een winkel en koffiehuis waar producten van diverse vrouwenkloosters worden verkocht (Carrer de la Palla, 8).
www.calldebarcelona.org

Catedral de la Seu

Het kan niet anders of tijdens een wandeling door de Barri Gòtic kom je langs de Catedral de la Seu. De kathedraal ligt op een plek waar de Romeinen al een tempel hadden gebouwd. Later kwam er een christelijke kerk en de Moren zetten er, na de kerk verwoest te hebben, hun eigen gebedshuis neer. De vroegchristelijke sporen gaan terug tot de zesde eeuw. In de elfde eeuw is een begin gemaakt met de bouw van een Romaanse kerk en in 1298 zijn de eerste plannen gemaakt voor de gotische kathedraal zoals die nu in volle glorie is te zien. De bouw heeft overigens tot het einde van de negentiende eeuw geduurd, want toen pas was het laatste geld bijeengebracht om de voorgevel met de hoofdingang aan het Plaça de la Seu en de torens af te bouwen.
De eerste kapel die je ziet bij het betreden van de kathedraal, is de kapel van de Heilige Christus van Lepanto. Het christusbeeld was aan boord van het schip van Juan van Oostenrijk (de buitenechtelijke zoon van Karel V) toen deze in 1571 bij Lepanto de Turkse vloot versloeg. In de crypte ligt in een tombe Santa Eulàlia, de beschermheilige van Barcelona, in het koor staan met prachtig houtsnijwerk versierde banken uit de veertiende eeuw en de kruisgang biedt verkoeling door een kleine patio met een fontein en bomen. Hier lopen ook dertien ganzen rond, die herinneren aan de marte-

laarsdood van Santa Eulàlia. Deze heilige werd in de vierde eeuw op dertienjarige leeftijd gruwelijk gefolterd en vermoord door de romeinen.

Een bijzonder uitzicht over de stad biedt een bezoek aan het dakterras (met de lift), en wie wil kan nog een stukje verder klimmen voor het platform in de hoofdtoren.

Plaça de la Seu [s/n], www.catedralbcn.org, www.website.es/catedralbcn

De boekhandelaar en zijn nichtje deelden een reusachtige woning aan Plaza Real. (...) Met veel vertoon leidde Bernarda me door de residentie naar de Barceló's. De etage, een eerste verdieping, beschreef een cirkel van galerijen, salons en gangen die mij een miniatuur van het paleis El Escorial toescheen, gewend als ik was aan onze bescheiden woning in Calle Santa Ana.

Plaça Reial

Vanuit de Rambla dels Caputxins bereik je het Plaça Reial, een prachtig plein dat dankzij de vele traditionele cafés en restaurants zowel toeristen als lokale bevolking trekt. Het elegante plein is halverwege de negentiende op de plek van een voormalig kapucijnenklooster gebouwd. Ranke palmbomen, arcades en de neoklassieke gevels die chique appartementen daarachter doen vermoeden. De fontein van de Drie Gratiën met de lantaarns is ontworpen door Gaudí. Het is niet moeilijk om je voor te stellen dat Barceló en Clara uit *De schaduw van de wind* op een plek als deze het elegante en cultuurrijke leven van de gegoede burgers leidden. Onder de arcadebogen van het plein ontmoet Daniel hier ook voor het eerst Fermín Romero de Torres.

Plaça Reial, uit deze ramen klonk het pianospel van Clara

Plaça de Sant Jaume

Dit ruime plein midden in de oude binnenstad is het politieke hart van Barcelona. Het Palau de la Generalitat, de zetel van de autonome regering van Catalonië, en het Ajuntament, het stadhuis met het stadsbestuur, staan er recht tegenover elkaar. Het plein is ontstaan omdat het stadsbestuur van Barcelona aan het begin van de negentiende eeuw besloot om wat meer structuur in de wanorde van de binnenstad te brengen en er een plein voor ceremoniële doeleinden te creëren, om zo de betekenis van Generalitat en Ajuntament te benadrukken. De Romaanse parochiekerk Sant Jaume moest voor dit doel wijken en is in 1823 afgebroken.

Ajuntament

Het stadhuis met neoklassieke façade laat een mix van stijlen zien. De oudste gedeeltes zijn gotisch en sindsdien is er telkens weer gemoderniseerd. Op zaterdag en zondag worden er rondleidingen gegeven. De Sala dels Cents Jurats dateert uit 1373, de Saló de Cròniques is gedecoreerd door Josep Maria Sert. Hier zetelde de Consell de Cent, een representatieve Raad van

"Gaat het wel goed met u?" vroeg een stem vanuit de schaduw. Het was de zwerver die ik kort daarvoor mijn hulp had geweigerd. Ik knikte en ontweek beschaamd zijn ogen. Ik begon te lopen. (...)

"Ik heb wat wijn. Geen slechte. Drink er wat van. Het zal helpen om warm te worden." (...)

"Fermín Romero de Torres, ambtenaar op non-actief. Buitengewoon aangenaam." (...)

"Daniel Sempere, stapelgek. Het plezier is geheel aan mijn kant."

"Laat u niet kennen, in dit soort nachten ziet aller er erger uit dan het is. Je zou het niet zeggen, maar ik ben een geboren optimist. Het lijdt voor mij geen enkele twijfel dat de dagen van het regime geteld zijn. (...) Ik zal mijn baan terugkrijgen, mijn reputatie en mijn verloren eer."

"Wat deed u voor werk?"

"Geheime dienst. Spionage op het hoogste niveau", zei Fermín Romero de Torres.

Ik knikte. Nog een gek. De Barcelonese nacht verzamelde ze met handenvol.

De maan waakt over het Plaça de Sant Jaume

Honderd (honderd burgers uit alle lagen van de bevolking), feitelijk een van de oudste democratische organen van Europa.

Op de begane grond is een vestiging van het Bureau voor Toerisme, dus je kunt daar alvast een kijkje nemen, maar alleen met een rondleiding kun je het hele gebouw bekijken.

Palau de la Generalitat

Dit prachtige gebouw is een paleis dat tussen de vijftiende en de zeventiende eeuw voortdurend is uitgebreid, waardoor ook hier sprake is van een mengeling van stijlen met gotische, renaissance- en barokke elementen. De hoogtepunten zijn de Pati dels Tarongers, een binnenplaats met sinaasappelbomen, de Sala Daurada en de Saló de Sant Jordi.

Het gebouw is helaas maar zeer beperkt toegankelijk voor publiek.

Het Plaça de Sant Jaume wordt met de Ramblas verbonden door Carrer de Ferran, een levendige straat met vele kleine winkeltjes en allerlei soorten eetgelegenheden. Naar de Via Laietana leidt de Carrer Jaume I of de Carrer de Llibreteria, die een stukje verder overgaat in de Baixada de la Llibreteria.

Mesón del Café

Een leuke plek om even binnen te lopen is dit bijzondere, piepkleine koffiehuis. Behalve vele soorten koffie, al dan niet met een scheut alcohol van het een of ander erin, serveren ze er *churros* of *xurros*, gefrituurde stukjes deeg met alleen maar suiker of met dikke, hete chocolade, die iets wegheeft van warme chocoladevla.

Baixada de la Llibreteria, 16

Cereria Subirà

Allerlei soorten kaarsen en creaties van was zijn hier te koop in een mooie, ouderwets aandoende winkel, gelieerd aan de kerk op Plaça del Pi.

Baixada de la Llibreteria, 7

El Raval

Las Ramblas

Wie Barcelona zegt, zegt Ramblas, de brede wandelboulevard van vijf aaneensluitende *ramblas* die het havengebied verbindt met Plaça Catalunya. Van bovenaf bekeken vormen de vele bomen langs de Ramblas een breed groen lint dat tussen huizenblokken door slingert.

De naam is afgeleid van het Arabisch en betekent oorspronkelijk 'rivierbed'. Het was ooit een geul die langs de middeleeuwse stadswallen liep om vuil af te voeren. Pas in de achttiende eeuw is de geul gedempt en is in plaats daarvan uiteindelijk een geplaveide weg aangelegd. De huidige namen, Rambla de Santa Mònica, Rambla dels Caputxins, Rambla de Sant Josep, Rambla dels Estudis, Rambla de Canaletes, herinneren aan de namen van kloosters of kerken, waar de weg ooit langsliep. Vanaf de vijftiende eeuw werden buiten de stad kloosters en kerken gebouwd, waarmee in feite de westelijke uitbreiding van de stad begon.

Aan deze kant van de stad is ook de Mercat de la Boqueria gebouwd (Ramblas, 89), de beroemde markt vlak bij het Palau de la Virreina. Hier kwamen de boeren van de dorpen uit de omgeving om net achter de stads-

Overvloed op de Mercat de la Boqueria

Blinkende schoenen voor de paseo

muur hun producten aan de stedelingen te verkopen. Toen de stad aan het begin van de achttiende eeuw werd uitgebreid en in het gebied meer en meer kleine straten kwamen, bleef de markt daar gesitueerd, aangezien er door het steeds toenemende aantal stadsbewoners grote behoefte was aan verse koopwaar. Nog steeds is het een levensmiddelenmarkt waar fruit, groenten, vis, vlees en vleeswaren en andere delicatessen worden verkocht. De smeedijzeren *modernista*-ingang is een geliefd object voor foto's.

Een stukje links van de ingang, aan de rand, zit een uitstekende lunchtent die eigenlijk niets meer is dan een metalen bar waar hoge krukken omheen staan en waar je superverse gamba's, inktvisjes en vis kunt nuttigen met veel knoflook, citroen en peterselie. De wachttijd kan oplopen, want het is er elke middag stervensdruk, maar gelukkig ligt het tempo hoog en het behendige gemanoeuvreer van de mannen aan de binnenkant van de bar en hun luidkeelse communicatie is de moeite van het bestuderen waard.

Met de aanleg van de boulevard verschenen ook de eerste grote herenhuizen en paleizen aan de Ramblas. Rijk geworden in de overzeese koloniën of de handel ermee kwamen de families terug en wilden op stand wonen. Een fraai voorbeeld hiervan is het eerder genoemde Palau de la Virreina (Ramblas, 99). Opdrachtgever Manuel d'Amat i de Junyent, rijk geworden als onderkoning van Peru, kon tot zijn dood in 1782 uiteindelijk maar vier jaar van zijn paleisje genieten. Omdat het gebouw daarna in het bezit kwam van de weduwe werd het omgedoopt tot 'Paleis van de Vice-Koningin', Palau de la Virreina.

Het Casa March de Reus (Ramblas, 8), gebouwd rond 1780 voor de steenrijke zakenfamilie March uit Reus, zette door zijn elegantie en zwier de toon voor vele andere herenhuizen die hier werden gebouwd.

Palau Moja (Ramblas, 118) overtrof echter op zijn beurt weer het Casa March. Wie hier iets liet bouwen, kon het zich veroorloven het gebouw zowel vanbinnen als vanbuiten volledig te decoreren en er werd fors tegen elkaar opgeboden als het ging om extra verfraaiingen of oppervlakte.

Elk stukje van de Ramblas heeft zo zijn eigen kenmerken. De vogelverkopers zijn op de Rambla dels Estudis te vinden en de Rambla de Sant Josep wordt ook wel La Rambla de les Flors genoemd vanwege de vele bloemenstalletjes. Het middenstuk van de Ramblas wordt bevolkt door straatartiesten die als levende standbeelden hun geld verdienen, en al bijna bij de haven zijn de portretschilders neergestreken.

Straatartieste lokt mannen

Over de gehele lengte – trouwens, door de hele stad – zijn kiosken te vinden met (internationale) tijdschriften, kranten, boeken, ansichtkaarten en souvenirs, en er zijn vele terrassen. Deze zijn er voornamelijk voor de toeristen en de prijzen zijn er doorgaans hoger dan in de restaurants. Maar het is wel een uitstekende plek om naar mensen te kijken en van de zon te genieten. Op de Rambla vlakbij Plaça Catalunya staan zelfs stoelen om alleen maar te zitten en te kijken. Daar zijn vaak groepjes gepensioneerden te vinden die zitten te keuvelen en de gebeurtenissen van de dag doornemen of de lokale politici een veeg uit de pan geven. Regelmatig staan er op de Rambla vlak bij het monument van Columbus kramen met hebbedingetjes als sieraden, pottenbakkersspullen, lederwaren en kleding, waardoor nog meer mensen naar de boulevards getrokken worden.

De Ramblas zijn op elk tijdstip van de dag de moeite waard, maar misschien nog wel het meest in de weekends tijdens het traditionele uurtje van de middagwandeling, de *paseo*, een serieuze bezigheid: men dost zich op zijn paasbest uit en

Het was een prachtige dag met een waanzinnig blauwe hemel en een schone, frisse bries die rook naar herfst en zee. Barcelona was bij mij altijd al favoriet in oktober, als haar ziel door de straten lijkt te flaneren en een mens zich wijzer voelt na het water van de Canaletas-fontein gedronken te hebben – dat in die dagen, o wonder, niet naar chloor smaakte.

flaneert met kinderen en al over de Ramblas.
's Ochtends vroeg, als de krantenkiosken bevoorraad worden, zie je veel mensen die zijn uitgegaan, al bij de kiosken een verse krant halen.

Plaça Catalunya

Hier eindigen de Ramblas in feite, dit is het centrale plein van de stad. Het is niet alleen een verkeersknooppunt van bus- en metrolijnen, het is het plein dat de Eixample met de Barri Gòtic verbindt. Er zit een groot filiaal van de Corte Inglés, een beroemd warenhuis, en als FC Barcelona heeft gewonnen, stromen alle fans traditioneel naar de Fuente de Canaletes aan de kop van de Ramblas, om er de overwinning te vieren. Ook zit er het bekende Café Zurich, een begrip voor iedereen in Barcelona. En niet onbelangrijk: het Bureau voor Toerisme is hier te vinden, evenals een informatiepunt van het Centre del Modernisme. Het gloednieuwe winkelcentrum El Triangle zorgt nog eens voor extra aanloop.
Het midden van het plein is vrijgehouden, op de bankjes zitten mensen om een praatje te maken of van de zon te genieten. Bij piepkleine kraampjes hier en daar kun je *pipas* kopen om aan de duiven te voeren. Een plekje om tot rust te komen, ondanks het drukke verkeer rondom het plein.

Rambla de les Canaletes

Van de fontein, die er eigenlijk meer uitziet als een ouderwetse waterpomp, wordt gezegd dat als je het water ervan drinkt, je later weer terug zult keren naar Barcelona, omdat je door het water verliefd raakt op de stad.

Toeristen Informatiepunt

Het grotere informatiekantoor is op het Plaça Catalunya, maar hier is een kiosk te vinden waar in principe dezelfde diensten voor toeristen geboden worden.
Ramblas, 115

Pastisseria Escribà / Antigua Casa Figueras

Een banketbakkerij in een prachtig oud pand, een voormalige apotheek, waar behalve het fameuze gebak en de elegante chocoladecreaties, ook populaire ringen van snoepgoed worden verkocht.

Ramblas, 83, www.escriba.es

Miró-mozaïek

In Barcelona ligt de kunst letterlijk op straat: ongeveer op het midden van de Ramblas, bij het Plaça de la Boqueria, lopen dagelijks mensen over een mozaiek van stoeptegels van de bekende artiest Joan Miró.

Gran Teatre del Liceu

Al sinds de opening in 1847 is het operagebouw een muziektheater van formaat en aanzien. De gegoede burgerij kwam er om blijk te geven van hun smaak en culturele verfijndheid. Het was gebouwd met particuliere donaties en ook de restauratie na de eerste brand in 1861 is op deze manier gefinancierd.

In 1994 werd de opera echter opnieuw verwoest door een felle brand. Het duurde zes jaar voor het pand weer in oude glorie was hersteld en ditmaal werd er een nieuwe vleugel aangebouwd.

In het souterrain is een souvenirshop en een bistro te vinden

Het Kerkhof der Vergeten Boeken is pure fictie, maar er was echt iemand die het kerkhof wilde bouwen! Tijdens een speech op een receptie van de Festes de la Mercè maakte de burgemeester er een grapje over, omdat we vóór de speech het idee hadden geopperd. Voor de grap. Dus hij zei in die speech dat vele mensen gefascineerd zijn door dat kerkhof en dat ze het misschien moesten gaan bouwen. De volgende dag stond prompt in de kranten dat de stad het kerkhof wilde bouwen. Wij gaven aan dat het een geintje was geweest, maar er waren mensen die het een briljant idee vonden. Er was een theaterbedrijf dat onder andere de openingsceremonie voor de Olympische Spelen had georganiseerd, dat soort dingen, en de president van dat bedrijf was geobsedeerd door het boek. Hij wilde een soort permanente tentoonstelling maken en omdat de gemeente hier wel oren naar had, hebben ze me een plan voorgelegd. Maar ik was uiteindelijk niet overtuigd en heb gezegd dat ik het niet wilde.

Toegang tot het mysterie

waar een kleine kaart wordt aangeboden.

Het muziektheater kan, behalve natuurlijk voor voorstellingen, ook bezocht worden voor een rondleiding.

Ramblas, 51-59,
www.liceubarcelona.com

Carrer de l'Arc del Teatre

Op de Rambla de Santa Mònica is bij het Plaça del Teatre de ingang te vinden naar de Carrer de l'Arc del Teatre, de steeg waar het Kerkhof der Vergeten Boeken te vinden zou zijn. Spijtig genoeg is er helemaal niets te zien wat ook maar in de verste verte op het Kerkhof der Vergeten Boeken zou kúnnen lijken, al is dat in de visie van Zafón juist een voordeel: het mysterie van de fantasie blijft hiermee intact.

Wat je hier wel vindt, is een *nauwe straat, meer litteken dan straat.* Dus iedereen heeft hier alle vrijheid zich in dit ongure, stinkende straatje een eigen beeld te vormen van de vermolmde, grote deur en het gebouw. De boog naar of van de Rambla af is er wél en daar vind je een piepkleine kiosk inge-

Bij Calle Arco del Teatro aangekomen sloegen we de weg in naar de wijk Raval, onder een boog waarvan de contouren zich door de blauwe mist aftekenden. Ik volgde mijn vader door die nauwe straat, meer litteken dan straat, tot het schijnsel van de Ramblas zich achter onze ruggen verloor.

Het licht van de ochtend sijpelde langs balkons en deklijsten heen in schuine vegen licht die de grond niet raakten. Eindelijk hield mijn vader stil voor een grote deur van bewerkt hout, zwart geworden door tijd en vocht. Voor ons doemde iets op wat ik op het achtergelaten karkas van een paleis vond lijken, of een museum van echo's en schaduwen.

De Arco del Teatro is als een poortgewelf. Dit was ooit de low-budget hoerenbuurt van Barcelona, de barrio chino werd het genoemd. De goedkoopste, smerigste hoerenhuizen en hotels waar de kamers per uur verhuurd werden, stonden hier, de laagste sport op de ladder van de seksindustrie. Voor zeelui die in de haven aanlegden een ideaal wijkje. Een hoop daarvan is afgebroken, hele huizenblokken zijn neergehaald om het enigszins te fatsoeneren, dus het laatste wat je hier ooit zou verwachten, is het Kerkhof der Vergeten Boeken.
Maar het aardige is tegelijkertijd dat je niet wist wat er achter de muren van al die oude gebouwen verborgen zat. Het zou zomaar een briljante plek kúnnen zijn voor zoiets als een verborgen boekenkerkhof.
Ik heb dit steegje gebruikt omdat het een van de oudste plekken in de stad is. Het is er donker en mysterieus, je ziet door de bocht in de straat niet meteen waar hij naartoe gaat, ik vond daarom dat het hier zou kúnnen zijn. Maar het is je reinste fantasie.

bouwd in de muur, uitstekend geschikt om op een kille ochtend een *carajillo* naar binnen te gieten en waar altijd wel een paar kleurrijke figuren rondhangen.

Palau Güell

Wie van de schrik of teleurstelling moet bijkomen, vindt om de hoek van de Carrer de l'Arc del Teatre (of via Carrer de Lancaster of via de Rambla) het fantastische Palau Güell. De architect Gaudí heeft zich op dit bijzondere, elegante en rijk gedecoreerde huis helemaal uitgeleefd voor zijn mecenas Güell. Het gebouw ligt op deze wat ongebruikelijke plek – het huis lag tegen de rosse buurt aan – omdat Güell in de buurt van zijn ouders wilde blijven wonen. Dus is de hele voorkant beschermd door een hekwerk, een ingenieuze constructie van gedraaid metaal, waarmee Gaudí meteen laat zien dat hij geïnteresseerd was in het gebruik van nieuwe technologieën, maar dat die wel ondergeschikt werden gemaakt aan de vorm en het aanzien.
Binnen is de hele vormenrijkdom te vinden waaraan Gaudí zijn beroemdheid te danken heeft. In het gebouw domineren ronde vormen en zuilen, het licht dat binnenvalt krijgt een prominente rol, en op het dak zijn de schoorstenen versierd met mozaïeken van geglazuurde tegels en glas.

Carrer Nou de la Rambla 3-5, bezichtiging alleen mogelijk met rondleiding.
Gesloten t/m december 2006

El Raval

Het is overduidelijk dat de wijk El Raval ingrijpend aan het veranderen is en een opleving doormaakt. Dit was de voormalige rosse buurt en stukje bij beetje worden de prostitutie en criminaliteit (drugs, heling) uit de wijk verdrongen. In sommige straten is het echter nog steeds onprettig om rond te lopen, zeker 's avonds en 's nachts. Maar het stadsbestuur en de politie pakken de criminaliteit streng aan. Zo werd er bijvoorbeeld in 2005 een plein schoongeveegd waar op de zaterdagavond iedereen langskwam om gestolen spullen weer te verkopen, oftewel, de buit van de afgelopen tijd te spenderen.
Maar het begin is gemaakt, niet alleen door de prostitutie en criminaliteit aan te pakken, maar ook door hele stukken in de wijk op te knappen. Waar gerenoveerd en gesaneerd wordt, verschijnen nieuwe winkels, cafés en restaurants en ook hotelketens hebben inmiddels hun oog laten vallen op deze wijk in opkomst. Een goed voorbeeld is de Rambla del Raval. Om dit plein te creëren, werd een complete rij huizenblokken afgebroken, waardoor er meer lucht en ruimte is ontstaan. In het weekend zijn er allerlei kraampjes te vinden waar de meest uiteenlopende dingen worden verkocht. Jonge kunstenaars bieden er hun kunstwerken aan en verder

Güell was een groot beschermheer van Gaudí. Hij was een van de grote industrie-baronnen en hij gaf Gaudí de opdracht om een paleis voor hem te bouwen op Carrer Nou de la Rambla. Dat was in die tijd een smerige plek met cabarets en nachtclubs. Maar die man wilde dat ding daar hebben. Het is nogal gothic, het ziet eruit als Dracula's huis en het leuke is dat je het kunt bezoeken, het hele gebouw. Meestal kan dat niet met Gaudí-huizen omdat er nog mensen wonen. Maar dit huis is leeg, dus je kunt er zelfs het kleinste kamertje bekijken. Het is zeer de moeite waard, want vanbinnen is het spectaculair, al vraag je je af: wie wil hier in vredesnaam wonen? Want het is werkelijk een sinistere plek voor een woonhuis, maar wel een grandioze setting natuurlijk!

'Gato' (1990) van Fernando Botero sinds 2003 op de Rambla del Raval

vind je er allerlei sieraden, antiek, kleding van uiterst goedkoop tot extreem duur. Hieromheen is een levendige, gemêleerde buurt ontstaan, ook omdat er in deze buurt mensen met heel verschillende achtergronden wonen. Spanjaarden, buitenlanders, oude mensen, veel jonge mensen, arbeiders, hoger opgeleiden, kunstenaars en jonge ondernemers. Vooral voor de laatste groepen is de buurt aantrekkelijk, omdat de huizenprijzen er nog redelijk zijn, in tegenstelling tot de wijk El Born. Die wijk is inmiddels zo in trek dat de prijzen de pan uitrijzen en de kleine ondernemers weer naar andere plekken trekken. El Raval vaart er wel bij.

Cafè de les Delícies

Prettig en intiem buurtcafé in het hart van de Raval. De bezoekers zijn een goede weerspiegeling van deze gemêleerde wijk. Achterin het café ligt nog een tweede ruimte, verrassend groot.
Rambla del Raval, 47

Museu d'Art Contemporani de Barcelona (macba)

Dat Barcelona serieuze plannen had om de oude wijken rondom de Ramblas te vernieuwen, werd duidelijk toen de plek voor een nieuw museum voor hedendaagse kunst werd gekozen.
Het gebouw, ontworpen door de Noord-Amerikaanse architect Richard Meier, schittert met zijn witte façade in het zonlicht. Ook

binnen domineren wit en licht de omgeving voor een collectie moderne werken vanaf de tweede helft van de twintigste eeuw. Een ruim gedeelte van het museum is gereserveerd voor tijdelijke exposities van hedendaagse kunst in al haar uitingsvormen.
De bezoekersaantallen hebben een onmiddellijk effect gehad op de middenstand in de buurt van het MACBA, want er zijn vele kleine restaurants, cafés en winkels gekomen.
Plaça dels Àngels, 1,
www.macba.es

HOEDENZAAK FORTUNY

Een echte hoedenzaak is op de beschreven plek niet te vinden. Plaza Goya is een klein pleintje en het huis zou aan de overkant van de Ronda Sant Antoni moeten liggen, om via dakterrassen een verbinding te maken naar de Carrer de Joaquin Costa. Een somber, oud, donkergrijs gebouw staat er wel, maar de gevels van de winkels die in aanmerking zouden kunnen komen als decor voor de hoedenwinkel, zijn allemaal tamelijk onaantrekkelijk. Hier geen mooie, oude winkelpanden, maar zaken met schreeuwerige neonreclame op de gevels. De inspiratie voor buiten- en binnenkant van de hoedenzaak heeft de schrijver ongetwijfeld ergens anders opgedaan.

Hoedenzaak Fortuny, of wat ervan over was, kwijnde weg aan de voet van een smal, zwartberoet gebouw met een lamlendig aanzien aan Ronda San Antonio, naast Plaza Goya. Je kon nog steeds de gegraveerde letters lezen op de ruiten, dof van het vuil, en een uithangbord in de vorm van een bolhoed schommelde nog steeds aan de gevel en beloofde ontwerpen op maat en het allernieuwste uit Parijs. De deur zat dicht met een slot dat eruitzag alsof het daar al minstens tien jaar zat.
(...) Het huis aan Ronda San Antonio was een zolderverdieping. Ik ontdekte dat je vanaf het trappenhuis via een deur op het dakterras kon komen. (...) Het kostte me niet veel tijd om een gebouw te vinden aan de andere kant van het blok, met de gevel aan Calle Joaquín Costa, dat een dakterras had waarlangs ik bij het gebouw aan Ronda San Antonio kon komen zonder dat iemand me het pand in of uit zag gaan.

Hier draait alles om hoeden

De buurt van Fermín

SOMBRERIA OBACH

Midden in de barri Gòtic loop je wel tegen deze ouderwetse hoedenwinkel aan, waar je elke soort hoed, baret of muts kunt krijgen. Carrer de Call, 2

CARRER DE JOAQUIN COSTA

Carrer de Joaquin Costa is niet een heel spannende straat, eerder een beetje kaalgeveegd; de zijstraatjes zijn eigenlijk pittoresker, authentieker, met bijna overal wasgoed buiten, beschermd tegen de regen door plastic folie. Kinderen spelen op straat en her en der staan buurtbewoners een praatje met elkaar te maken.

ALMIRALL

Op nummer 33 ligt Bar Almirall, een van de oudste cafés van Barcelona, daterend uit 1860. Als je door de mooie, met hout versierde ramen naar binnen

Mijn vader had een kamer voor hem gevonden in een pension in Calle Joaquín Costa, waar we dankzij de vriendschap van onze buurvrouw Merceditas met de pensionhoudster, de formaliteit van het invullen van het gastenformulier voor de politie konden omzeilen en zo Fermín Romero de Torres ver konden houden van de neus van inspecteur Fumero en zijn trawanten.

kijkt, zie je spiegelmuren vol flessen staan. De spiegels aan de bar, de lampjes en de organische vormen van *modernista*-invloeden geven het café een fantastisch anachronistisch aanzien.

La Paloma

Deze meer dan honderd jaar oude, legendarische danszaal is absoluut een bezoekje waard, al is het alleen maar om het interieur te bekijken: een verrassend grote ruimte die je op die plek, in zo'n klein steegje als de Carrer de Tigre, niet zo snel zou verwachten. Het is een en al barokke versiering met krullen, kroonluchters, lampjes, en plafondschilderingen. De traditionele dansavonden met orkest – waarbij El Tigre dansende dames schaakt met zijn witte shawl – worden tegenwoordig afgewisseld met hippe *clubbing nights*. Het Oud en Nieuw-feest is er altijd uitbundig en je kan hier tussen de gewone bezoekers ineens een groep feestgangers van een bruiloft tegenkomen, inclusief bruidspaar.
Carrer del Tigre, 27,
www.lapaloma-bcn.com

Mercat de Sant Antoni

Om van de plek waar hoedenzaak Fortuny gesitueerd wordt naar de Mercat de Sant Antoni te lopen, kun je beter via de Carrer de Joaquin Costa lopen dan via de Ronda zelf. Elke zondag is er een tweedehands boekenmarkt op de Mercat de San Antoni.

Tussen de boeken snuffelen

Watertanden op de markt

Deze vindt niet plaats in de markthal zelf maar buiten in de galerij rondom de markthal. Catalanen hebben iets met boeken, dus de echte liefhebbers zijn al vroeg op pad. De rest komt later en geniet van de gezellige drukte, want druk wordt het er zeker. Hier vind je boeken van elk genre, alles naast elkaar. Het stalletje met zware literaire werken naast militaire boeken, bouquetreeksboekjes naast kunstboeken, kookboeken naast strips. Ook op doordeweekse dagen is de markt een kleine omweg waard, dan zijn binnen alle reguliere vlees-, vis-, kaas-, groenten- en fruitstalletjes open en wemelt het in de galerij rondom de markthal van de kledingkramen.
Hoek Carrer del Comte d'Urgell en Carrer de Manso

La Ribera en El Born

Palau de la Música Catalana

De Catalaanse architect, Lluis Domènech i Montaner, heeft een van de meest grandioze modernistische gebouwen ontworpen, dat niet voor niets op de Werelderfgoedlijst te vinden is. De straatjes waar dit concertgebouw staat, zijn redelijk smal, dus het is niet makkelijk om het geheel vanaf de buitenkant op te nemen. Een teleobjectief kan uitkomst bieden, omdat daarmee makkelijker alle figuren en uitbeeldingen op de gevel bekeken kunnen worden. Zuilen, balkons, bloemenmotieven, mozaieken, beeldengroepen, bustes van grote componisten – het geheel is een ode aan de Catalaanse volksmuziek die zich dus in de ogen van Domènech i Montaner kan meten met de beroemdste klassieke voorbeelden.

De architectuur en de muziek werken samen en de vele bloemmotieven bij de ingang nodigen de bezoeker uit in een tuin vol muziek. Glas speelt een belangrijke rol en het imposantst is dan ook de omgekeerde glazen koepel in de concertzaal, omgeven door een engelenkoor. Alles in het gebouw is versierd en zit vol symboliek, met name nationalistische. Binnen is het niet toe-

De grote zaal is echt spectaculair, een fantastische ruimte, met die gigantische glazen koepel en die paarden die door de lucht lijken te springen. De akoestiek is door de beperkte kennis tijdens de bouw niet de allerbeste. Destijds moest het er vooral fantastisch uitzien en dat is zonder meer gelukt. Ik denk dat het een van de mooiste concertgebouwen ter wereld is.

Het modernisme op zijn hoogtepunt – vol symboliek

De draak beschermt de gevel

gestaan om foto's te maken. Om het gebouw te bekijken kunt u meedoen aan een rondleiding of uiteraard een concert bezoeken (kaartjes wel ruim vantevoren bestellen).

Carrer de Sant Francesc de Paula, 2, www.palaumusica.org

Els 4 Gats

Het café annex restaurant is nog steeds te vinden in de Carrer de Montsió, 3bis en het lijkt alsof de tijd hier heeft stilgestaan. Bij de ingang zijn twee kleinere ruimtes, die als café dienen. De inrichting is onveranderd. Aan

Els 4 Gats (...) was een van mijn meest favoriete plekken. Daar hadden mijn ouders elkaar leren kennen in 1932 en ik schreef mijn enkeltje in het leven gedeeltelijk toe aan de bekoringen van dat oude café. Stenen draken beschermden de gevel, gevat in een kruispunt van schaduwen, en de gaslampen stolden de tijd en de herinneringen. Binnen versmolten de bezoekers met echo's uit andere tijden. Boekhouders, dromers en aspirant-genieëen deelden de tafel met de luchtspiegelingen van Pablo Picasso, Isaac Albéniz, Federico García Lorca of Salvador Dalí. Hier kon iedere schlemiel zich voor enkele momenten een historisch figuur wanen voor de prijs van een kopje koffie met melk.

In gezelschap van grote geesten

de muren hangen prenten, schilderijen en oude foto's van de beroemde gasten die het café ooit heeft gekend. De tafeltjes en stoelen, de oude lampen en kandelaren roepen een fin de siècle ambiance op. Het is een prachtige gelegenheid om de sfeer van het boek te proeven en je de jonge Daniel voor te stellen die hier het hoofd biedt aan de omkooppogingen van Barceló om het boek van Carax in zijn bezit te krijgen. Je ziet hier de levendige discussies van kunstenaren en intellectuelen, de *tertulias*, voor je geestesoog opdoemen. Maar het was wel degelijk ook een gelegenheid waar kunstenaars als Picasso, bijvoorbeeld, een klein platform werd geboden. Hij had hier in 1901 zijn eerste expositie op eigen naam en hij maakte het affiche voor de menukaarten.

Verder naar achteren bevindt zich nog een ruim restaurant. Die ruimte verdwijnt echter door de enorme hoeveelheid tafels en stoelen, waarbij de bediening erop gericht lijkt zo veel mogelijk rondes per tafel per avond erdoorheen te jagen. Bovendien is het eten niet buitengewoon. Toch is het wel de moeite waard om hier een kijkje te nemen en een hapje te eten, omdat je zomaar in een uitbundig bruiloftsfeest terecht kunt komen of een verjaardag, of iets anders wat groots gevierd moet worden. Reserveren is noodzaak!

Carrer de Montsió, 3bis,

www.4gats.com

Iets verderop zijn er in de Carrer de N'Amargòs (een zijstraatje van Carrer de Montsió) een aantal kleine winkeltjes te ontdekken.

Església de Santa Maria del Mar

Ook al zijn er inmiddels waarschijnlijk minder trouwe misgangers dan vroeger, nog steeds is deze kerk een van de geliefdste plekken voor trouwerijen. Op topdagen kan het gebeuren dat er elk uur een nieuwe trouwplechtigheid begint. Het blijft leuk om vanaf het plein toe te kijken hoe de feestgangers de kerk uitstromen en rijst en bloemblaadjes over het bruidspaar strooien. De buitenkant van het portaal is bovendien rijk versierd en het is zeker de moeite hier eerst even stil te staan, alvorens

> Bernarda was achtentwintig, maar ik vond altijd dat ze tien jaar extra meetorste, al was het maar door de blik in haar ogen. Ze woonde vlijtig missen bij en was de Maagd van Lourdes op het delirische af toegewijd. Iedere ochtend ging ze naar de mis van acht uur in de kerk van Santa María del Mar en ze biechtte driemaal per week, minstens.

Lucht en ruimte in de brede gewelven

naar binnen te gaan. De kerk is een fraai staaltje van Catalaanse gotiek. De homogene stijl is waarschijnlijk te danken aan het feit dat de kerk binnen 54 jaar gebouwd is (in 1329 werd met de bouw begonnen, en in 1383 werd het werk voltooid), wat voor die tijd toch behoorlijk snel was. Het meest opvallende kenmerk is het brede middenschip en doordat de zijbeuken even hoog zijn, geeft het dit gebouw veel ruimte en lucht. Een aantal gebrandschilderde ramen hebben branden en plunderingen overleefd en zorgen nu voor mooi, gefilterd licht. De Catalaanse gotiek kenmerkt zich door soberheid en spaarzaam gebruik van versieringen, maar de kunstwerken díe

Waar Bernarda ging biechten

het bevatte, zijn tijdens de Spaanse Burgeroorlog vernield, waardoor nu nog meer nadruk komt te liggen op het pure lijnenspel van de bogen en gewelven. De kerk is bovendien vanwege haar goede akoestiek een gewilde plek voor muzikale uitvoeringen en concerten.
Plaça de Santa Maria, 1

El Born

De wijk El Born is op het moment een van de meest hippe en gewilde wijken van Barcelona. De laatste jaren heeft deze wijk een enorme metamorfose ondergaan. Panden stonden leeg en de huren waren laag, dus trokken kunstenaars en kleine ondernemers naar dit gebied en vulden het met nieuw leven. Was het daarvoor niet echt een prettige plek om 's avonds en 's nachts rond te lopen, nu is het een waar paradijs: cafeetjes, tapasbars, restaurants en talloze winkeltjes voor mode, sierraden en design, delicatessen- en speciaalzaken en uitnodigende terrassen om alles aan je voorbij te zien trekken. Het is levendig, interessant, lawaaierig (niet al-

Genieten van tapas in het Sagardi

tijd leuk voor de bewoners!) en verrassend. De straten en de pleinen rondom de kerk Santa Maria del Mar, Carrer de l'Argenteria, Passeig del Born, Carrer de Montcada en de vele, nog kleinere zijstraatjes, bieden alles om een leuke middag en avond te beleven.

Volgens kenners wordt het echter alweer te duur en dus zoeken kunstenaars en avontuurlijke ondernemers hun heil ergens anders, onder andere in El Raval, dat een ware metamorfose ondergaat.

Leuk detail: al in de tijd van paard en wagen moest er iets worden verzonnen om het verkeer in de smalle straatjes in goede banen te leiden. Ook toen al was het voornamelijk eenrichtingsverkeer, gezien de vele bordjes met afbeelding van paard en wagen en een mannetje dat naar binnen of naar buiten wijst, met *entrada* of *salida* erboven.

Sagardi Euskal Taberna

Baskische tapasbar. De Basken zijn beroemd om hun keuken en hun tapas. Het is een feit dat de tapas in deze taberna verrukkelijk zijn en dat er een zeer royale keuze is. Aan het eind worden alle prikkertjes geteld en die reken je af.

Carrer de l'Argenteria, 62

Alea / Majoral

Juwelierszaak met het eigen werk van Majoral. In de kleine, bijbehorende galerie wordt met grote regelmaat werk van aanstormende kunstenaars geëxposeerd.

Carrer de l'Argenteria, 66,
www.majoral.com,
www.aleagaleria.com

Granja Xador Xocolateria

Een typisch Spaanse eetgelegenheid, dat wil zeggen, met gezellige tl-buisverlichting en antidesign stoelen en tafels, waar je de hele dag terecht kunt, of het nu ontbijt, lunch of tussendoortjes betreft! Ze serveren er ook de typische *xocolate amb melindros*, gesmolten, hete chocola in een kopje – je lepel blijft er rechtop in staan – met een soort zachte lange vingers, en *ensaimadas*, in elkaar gedraaid luchtig deeg, een beetje zoet, met

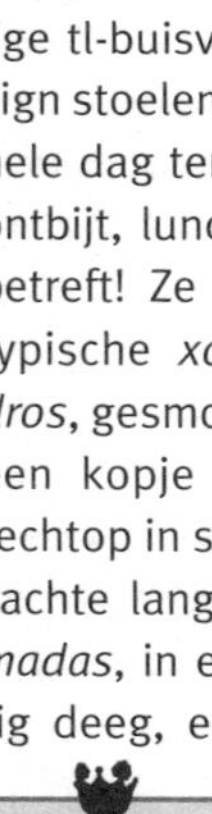

"Daniel, als we eens wat hamkroketjes bestelden met een paar mousserende wijntjes erbij hier in El Xampañet, om de nare smaak uit de mond te spoelen?"
"Daar zeg ik geen nee tegen, eerlijk gezegd."

poedersuiker eroverheen.
Carrer de l'Argenteria, 61-63

La Vinya del Senyor

Deze kleine bar waar je ook voor wat tapas terecht kunt, ligt recht tegenover de grote deuren van de Santa Maria del Mar. Goed voor een prettig glas *tinto* met oude *manchego* erbij. Een leuk lokaal om even in rond te kijken, met veel donkere, houten panelen.
Plaça Santa Maria, 5

Bubó Degustacions Carles Mampel

Confiterie in een klein straatje vlak bij de Santa Maria del Mar. Alleen al van het kijken naar de kunstige creaties in de etalage krijg je ontzettend veel zin in de fijne gebakjes, petitfours, chocoladecreaties, en pralinés. Om mee te nemen, maar ook om ter plekke te proeven, met een glaasje *cava* erbij!
Carrer Caputxes 10,
www.bubo.ws

La Botifarreria de Santa Maria

Vaak heel druk, maar dat is niet verwonderlijk, want dit is een van de beste delicatessenzaken van de stad voor worsten, *jamón serrano* en kazen.
Carrer de Santa Maria, 4

La Carte des Vins

De wijnliefhebber loopt hier een miniparadijs binnen. Er is weinig ruimte, dus de flessen liggen tot aan het plafond opgestapeld. Hier ben je zo een uurtje kwijt met rondneuzen en het bewonderen van de verscheidenheid aan Spaanse wijnen. Ook hier krijg je onmiddellijk trek in een glas *tinto* met wat *jamón de Jabugo* of een goede, oude *manchego*.
Carrer dels Sombrerers, 1,
www.lacartedesvins.com

Euskal Etxea

Het Baskisch cultureel centrum met een restaurant, tentoonstellingen, muziekoptredens, dans en cursusaanbod.
Plaçeta Montcada 1-3, 93 310 21 85, www.euskaletxeak.org

Vila Viniteca

Wijn- en delicatessenzaak, inmiddels zo succesvol dat ze ook het pand aan de overkant van de straat betrokken hebben.
Carrer dels Agullers, 7 i 9

El Xampanyet

Het bestaat inderdaad nog steeds, in dit piepkleine café geniet je van mousserende wijnen, cider en verrukkelijke tapas die worden klaargemaakt waar je bijstaat. In menig boek over Barcelona prijkt een foto van de

Cava en tapas, het goede leven!

gevel. El Xampanyet heeft kans gezien zijn authenticiteit te bewaren, de keurige, oudere heren die er werken eveneens en zelden tref je zo'n correcte bediening. Bijzonder aan te bevelen.
Carrer de Montcada, 22

Museu Picasso in de Carrer Montcada

Pablo Picasso (1881–1973), die zich met de stad waar hij zijn vroege jaren als kunstenaar had doorgebracht, verbonden voelde, schonk een aantal van zijn vroege werken aan het museum. En zijn vriend Jaume Sabartés liet na zijn dood zijn hele collectie na aan dit museum. De nadruk van de collectie ligt op het vroege werk, inclusief de blauwe periode en de serie Las meninas. Ook zijn hier de eerste schetsboekjes te bewonderen van Picasso als kind.
Behalve een leuk museum waar een minder bekende kant van

Hospice Carrer de Montcada

Het Santa Lucia Hospice was een instituut van twijfelachtige reputatie, dat zich bevond in de ingewanden van een oud, vervallen paleis in Calle Moncada. (...) Vanaf de elfde eeuw had het paleis onder meer diverse gegoede families gehuisvest, een gevangenis, een salon van courtisanes, een bibliotheek van verboden manuscripten, een kazerne, een beeldhouwatelier, een sanatorium van pestlijders, en een klooster. Halverwege de negentiende eeuw, toen het praktisch uit elkaar viel van ellende, werd er een museum van misgeboorten en andere deerniswekkende extravaganties van gemaakt door een bombastische ondernemer die zich Lázló de Vicherny, hertog van Parma en privé-alchemist van het huis Bourbon liet noemen, maar wiens werkelijke naam Baltasar Deulofeu i Carallot bleek te zijn, uit Esparraguera, geboren bedrieger en notoire gigolo.

Picasso te ontdekken valt, is het een fantastisch gebouw dat de mogelijkheid biedt de stadspaleizen (onder andere dat van Berenguer Aguilar en Barón de Castellet) aan de Carrer de Montcada vanbinnen te bekijken. Een echt hospice is er in deze straat nooit geweest, maar het museum, samen met wat entrees her en der en grote, hoge poorten in de rest van de straat, geven een heel goed beeld wat er zich achter de muren had kunnen afspelen!
Carrer de Montcada, 15-23,
www.museupicasso.bcn.es

Mercat del Born

Tussen 1873 en 1876 werd voor deze markt een overkapping gebouwd. En de constructie zou de grootste ijzerconstructie van Spanje worden, om te bewijzen tot welke staaltjes architectuur de Catalanen in staat waren. De vrijdragende constructie is niet met veel ornamenten versierd, maar blijft indrukwekkend door haar geometrische opzet. Een ode aan de industriële revolutie uit ijzer en glas.

In 2001 kwamen bij opgravingen complete stukken uit de achttiende eeuw vrij te liggen. Het zijn de resten van straten en huizen die verdwenen zijn, toen Filips V een deel van de wijk Ribera plat bombardeerde. Uiteindelijk is besloten om hier niet, zoals aanvankelijk de bedoeling was, een bibliotheek te bouwen, maar een museum waar de ruïnes, die duidelijk de ligging van straten en huizen laten zien, onder glas te bezichtigen zullen zijn.
Plaça Comercial [s/n]

Bernarda was kort na de oorlog naar Barcelona gekomen om te vluchten voor de armoede en voor een vader die haar als hij in een goede bui was, in elkaar sloeg en haar dom, lelijk en een viespeuk noemde, en die haar in een slechte bui in de varkensstallen in een hoek dreef, dronken, om haar te betasten tot ze huilde van angst en hij haar liet gaan, terwijl hij haar preuts noemde, en stom, net als haar moeder. Barceló was haar toevallig tegen het lijf gelopen toen Bernarda in een groentestalletje werkte op de Mercado del Borne en hij had haar een baan in zijn dienst aangeboden, puur op intuïtie.

Estació de França

Het mooi gerestaureerde station uit 1848 dient nu voornamelijk nog als eindpunt voor een aantal regionale treinen, dus het is een redelijk gemoedelijk station. Veel internationale treinen komen hier niet meer, deze hebben inmiddels Estació de Sants als eindpunt. Dit geeft de mogelijkheid om rustig rond te kijken. Het station is een schitterend bouwwerk van smeedijzer en marmer, met veel ouderwets aandoende details, die precies de sfeer uit *De schaduw van de wind* oproepen. Ook bij avondlicht is het prachtig, als de ouderwetse lampen branden en de hal in zacht licht gedompeld wordt. Het is niet alleen mogelijk de hal te bekijken, maar ook de perrons. Om daar te komen, worden soms de bagage en tassen gescreend. Ook op de perrons zijn veel authentieke details te vinden. De smeedijzeren constructie wordt hier eveneens mooi benadrukt en de moderne details zoals de bankjes zijn met smaak gekozen,

Hersteld in oude glorie

Station Francia lag er verlaten bij; de perrons die het gloeiende licht van de dageraad reflecteerden, bogen weg in de nevel als glinsterende sabels. Julián ging zitten op een bank onder het gewelf en haalde zijn boek tevoorschijn. Hij liet de uren voorbijgaan, verloren in de magie van de woorden, terwijl hij zijn huid en naam afwierp en zich een ander voelde. Hij liet zich meeslepen door de dromen van schaduwpersonages en meende dat hem geen ander toevluchtsoord noch een beter schuilplaats overbleef dan dat. Hij wist toen al dat Penélope niet zou komen. Hij wist dat hij in de trein zou stappen zonder ander gezelschap dan zijn geheugen. Klokslag twaalf uur verscheen Miquel Moliner op het station en overhandigde hem zijn reisbiljet en al het geld dat hij bij elkaar had kunnen krijgen. De twee vrienden omhelsden elkaar in stilte. Julián had Miquel Moliner nog nooit zien huilen. De tijd kapselde hen in en telde de minuten tot de vlucht.

Hier eindigt de droom van Parijs

waarmee de schoonheid van het geheel is behouden.
Carrer d'Ocata [s/n]

Parc de la Ciutadella

Vóór het huidige park werd aangelegd, stond op deze plek een fort dat Filips V na het beleg van Barcelona in 1714 liet aanleggen om zijn opstandige onderdanen in toom te houden. Om het enorme gevaarte te kunnen bouwen, werden twee kloosters en meer dan duizend huizen in de wijk

De laatste nieuwtjes bij de Arc de Triomf

Trotse draak op de Gran Cascada

Ribera gesloopt. Maar in 1868 werd het fort grotendeels weer afgebroken. Overgebleven zijn een kapel, het gouverneurspaleis en de zetel van het Catalaanse parlement, het voormalig Arsenaal.

In 1888 vond op de plek van het huidige park de Wereldtentoonstelling plaats en toen ontstond deze groene oase, waarvan iedereen nu nog steeds kan genieten. De Arc de Triomf fungeerde toen als hoofdingang. Het gebouw waarin nu het Museu de Zoologia is ondergebracht, is ontworpen door Lluís Domènech i Montaner als restaurant bij de Wereldtentoonstelling.

Het park biedt naast het zoölogisch museum ook een geologisch museum, een dierentuin, een tropische kas en een wintertuin met een café. Bij de centrale vijver in het midden zijn bootjes te huur en de paden rondom het water nodigen uit tot een wandelingetje. Een trekpleister is ook de fontein Gran Cascada met een overdaad aan dieren-, goden- en godinnenfiguren.

Passeig de Picasso, 15

El Port

El Port

Het hele gebied rond de haven heeft het laatste decennium een uitgebreide facelift ondergaan, vooral naar aanleiding van de Olympische Spelen in 1992. Tot die tijd begon de haven eigenlijk direct achter de zuil met het standbeeld van Columbus. Langs de hele kade waren – en op sommige plekken zijn ze er nog – om de zoveel meter traptreden aangebracht die rechtstreeks het water inliepen. De traptreden waren bemost en glibberig en hebben met name in het donker iets lugubers, omdat ze zo omineus onder de waterspiegel verdwijnen. Dat Daniel hier de stuipen op het lijf gejaagd worden als hij er de vreemdeling met het verbrande gezicht ontmoet, is niet verwonderlijk. De bedreiging door de vreemdeling die Daniels boek

Ik zwierf meer dan een uur door de straten tot ik bij de voet van het standbeeld van Columbus aankwam. Ik stak over naar de havenkades en ging zitten op de traptreden die in het donkere water zonken bij de pier van de motorboten.

Verlangen naar de zee

opeist, op die plek bij het donkere, ondoordringbare wateroppervlak, zijn voldoende om je er nooit meer te wagen.
Het hele gebied heeft nu een totaal ander gezicht gekregen. De kadelijn is verkort door een brede promenade aan het einde van de Passeig de Colom, waar je kunt wandelen of een terrasje kunt pakken, met wekelijkse markten met snuisterijen, en oude industriegebouwen die in glorie zijn hersteld en nu restaurants met ruime terrassen en zelfs een museum (het Museu d'Història de Catalunya) herbergen.
Barcelona heeft nooit over een natuurlijke haven beschikt. Al in de zestiende eeuw is er een kunstmatige haven aangelegd om ervoor te zorgen dat grote schepen niet meer vast kwamen te zitten, omdat het havenbekken telkens dichtslibde. De haven was in deze tijd voor de transatlanische handel echter niet meer van bijzondere betekenis. Aan het einde van de achttiende eeuw was wel sprake van een opleving omdat Barcelona het recht had gekregen handel te drijven met de Spaanse kolonies in Amerika. Toen Spanje echter tussen 1800 en 1813 betrokken raakte bij de napoleontische oorlogen kwam aan deze bloeifase een einde. Het hele gebied is toen lange tijd een tamelijk somber stukje stad in verval geweest, armoedig en slecht onderhouden.

Van Barcelona is altijd gezegd dat de stad de zee de rug toekeert. En op een vreemde manier klopt dit ook, want vis en zeevruchten nemen weliswaar een zeer belangrijke plek in op de menukaarten van de restaurants, maar toch heb je in de stad niet het gevoel dat de zee een grote rol speelt. En door alles wat er de laatste decennia is aangelegd, is de zee inmiddels behoorlijk aan het zicht onttrokken. Als je nu op de Moll de Bosch of Moll de la Fusta wandelt, heb je niet echt het gevoel direct aan zee te lopen, omdat je vanaf hier niet naar open water kunt kijken. Het eerste wat je wél bij een wandeling aan de haven te zien krijgt, is een woud van masten van de jachten en kleine schepen die hier nu liggen. Daarachter 'drijft' Maremàgnum, een winkelcentrum met Imax-bioscoop en l'Aquàrium.

Barceloneta

Ook de weg naar Barceloneta is sterk veranderd. Deze wijk ontstond halverwege de achttiende eeuw op een kunstmatig aangelegd schiereiland, omdat er

Drukke, nauwe straatjes: de voormalige visserswijk

goedkope woningen voor arbeiders en vissers nodig waren. In de tijd van *De schaduw van de wind* is het de visserswijk.

Het is niet meer mogelijk om dezelfde wandelingen te maken als Daniel en Fermín in de roman, want als je nu vanuit het stadscentrum naar de pier loopt, kun je de stad niet meer van een afstandje zien liggen, omdat vrijwel de hele kant van de voormalige pier waar je naar de stad kon kijken, volgebouwd is. Volgens Carlos Ruiz Zafón ligt de plek waar Daniel en Fermín gestaan zouden kunnen hebben om naar de stad te kijken, op de Passeig de la Escullera, nog voorbij de Torre de Sant Sebastià. Maar ook hier belemmeren industriebedrijven het zicht. Een goed alternatief om toch een blik op Barcelona te werpen is het ritje met de kabelbaan die de haven met de Montjuïc verbindt. Wie zo'n ritje niet ziet zitten, kan ook alleen het platform bezoeken. Dan is het wel aan te raden om niet het platform bij Sant Sebastià te bezoeken, waar je het uitzicht vanachter het glas moet bewonderen, maar het platform van de tussenstop, Torre de Jaume I (World Trade Center), omdat je er hier uitkunt en er een platformpje rondom is.

Kabelbaan Transbordador Aeri, Torre de Sant Sebastià – Torre de Jaume I – Miramar (Montjuïc)

La Barceloneta is de oude visserswijk. Vroeger was deze buurt helemaal niet hip, maar nu wordt de complete waterkant verbouwd en gerestaureerd en van moderne wandelpromenades voorzien, dus dat verandert het aangezicht van de wijk natuurlijk enorm. Het Barceloneta van vroeger was arm, smalle straatjes waar wasgoed hing, kleine flatjes, veel goedkope eettentjes. Nu is het langzaam in een hotspot aan het veranderen.

Ictineo: houten vis voor twee matrozen

Museu Marítim

In de voormalige koninklijke scheepswerven (Drassanes Reials) is een van de drukst bezochte musea van Barcelona ondergebracht. Ook de werven lagen oorspronkelijk uiteraard direct aan het water om de schepen makkelijk binnen te kunnen halen en te water te laten. De werven zijn goed bewaard gebleven en prachtig gerestaureerd, het gebouw op zich is al de moeite van een bezoek waard.

Het museum omvat alle aspecten van het maritieme leven in een vaste collectie en biedt tevens ruimte voor tijdelijke tentoonstellingen. Hoogtepunt van dit bezoek vormt ongetwijfeld de prachtige replica van een koninklijke galei *(la galera reial)*. In 1568 is het origineel voor Juan van Oostenrijk (de buitenechtelijke zoon van Karel V) op deze werf gebouwd. In andere ruimtes vindt u boegbeelden, scheepskaarten en navigatie-instrumenten. Tussen de bogen en zuilen van de scheepswerven is ook nog een souvenirwinkeltje te vinden, en er is een café met uitzicht op een binnentuin.

In de oude haven is eveneens de driemaster *Santa Eulàlia* te bewonderen (Moll de Bosch i Alsina). De schoener uit 1918 is gerepareerd en gerestaureerd en weer geheel zeevaardig gemaakt en dient voor educatieve doeleinden.

Avinguda de les Drassanes,
www.museumaritim
barcelona.com

Museu d'Història de Catalunya (Palau del Mar)

In dit museum maak je een tijdreis door de Catalaanse geschiedenis. Het museum heeft een vaste collectie op de tweede en derde verdieping en een ruimte voor tijdelijke exposities op de begane grond en eerste verdieping. Het is zinvol een boekje met Engelse uitleg mee te nemen, omdat alle uitleg bij de expositie in het Catalaans wordt gegeven.

De vaste tentoonstelling, inclusief prehistorische vondsten, leidt langs alle perioden en gebeurtenissen die voor het ontstaan van Catalonië van belang zijn geweest. Interessant in verband met *De schaduw van de wind* zijn met name de periodes van de Spaanse Burgeroorlog en de tijd erna, toen Spanje gebukt ging onder de dictatuur van het Franco-regime. De foto's en filmfragmenten maken een en ander zeer aanschouwelijk en bieden daarom een uitstekend beeld van de stad zoals Carlos Ruiz Zafón haar schildert.

Op de vierde verdieping van het museum is ook café-restaurant La Miranda del Museu te vinden, waar geluncht en gedineerd kan worden.

Langs de promenade bij het Palau zijn ook een aantal visrestaurants gevestigd.

Palau del Mar, Plaça de Pau Vila 3, www.en.mhcat.net/mhc

Palau del Mar

L'Aquàrium

Absoluut de moeite van een bezoek waard. Eenentwintig bassins bevatten meer dan 8.000 vissen, waaronder haaien, pijlstaartroggen, en de felgekleurde tropische vissen uit het Caribisch gebied. Als bezoeker waan je je volledig in een onderwaterwereld. In de interactieve zone kunnen kinderen drie verschillende kustgebieden nader onderzoeken.
Moll d'Espanya,
www.aquariumbcn.com

Monument a Colom

De zuil met het standbeeld van Columbus (1451–1506), die met zijn arm wijst naar de zee, is 60

Passeig de Colom: in 1882 de eerste elektrisch verlichte straat van Barcelona

meter hoog en door middel van een lift is het mogelijk om op de met glas omgeven uitkijktoren te komen. De beloning is een schitterend uitzicht over de stad.
De zuil is eerbetoon aan het Spaanse koningspaar Isabel en Fernando dat de drie expedities van Columbus financierde, en daardoor de ontdekking van Amerika mede mogelijk heeft gemaakt.
Plaça del Portal de la Pau

Carrer de Josep Anselm Clavé

De Carrer de Josep Anselm Clavé die overgaat in de Carrer Ample loopt parallel aan de Passeig de Colom bij de haven. Het vroegere gebouw van de Militaire Regering ligt aan het Plaça Portal de la Pau, waar ook het standbeeld van Columbus staat en waar de Ramblas hun weg naar Plaça Catalunya beginnen. De pennenwinkel is er niet werkelijk en er is geen gevel te bekennen die mogelijk gediend heeft als voorbeeld of inspiratie. Maar dwalend door de oude wijken kom je een paar mooie winkeltjes tegen, waar mensen die graag met een vulpen schrijven en op mooi papier, absoluut aan hun trekken zullen komen.

Papirum

Dit is een kleine winkel met een prachtige etalage op nummer 2

Er was een tijd, toen ik een kind was, dat ik besloot schrijver te worden en een melodramatisch leven te leiden, misschien omdat ik was opgegroeid tussen boeken en boekhandelaren. De oorsprong van mijn literaire hersenschim, afgezien van de fantastische eenvoud waarmee je alles ziet als je vijf jaar oud bent, was een verbazingwekkend stuk handwerk en precisie dat geëtaleerd werd in een pennenwinkel in Calle Anselmo Clavé, recht achter het gebouw van de Militaire Regering. Het object van mijn devotie, een prachtige, zwarte vulpen, versierd met God mag weten hoeveel sierlijke toeters en bellen, presideerde over de etalage als betrof het een van de kroonjuwelen.

aan de Baixada de la Llibreteria, vlak bij het Plaça San Jaume.

Il Papiro

Op het Plaça Sant J. Oriol is een papier- en pennenwinkel gevestigd die zeker model gestaan zou kunnen hebben voor de pennenwinkel uit het boek. De mooie, houten kasten zorgen voor een warme uitstraling en liefhebbers kunnen hier hun hart ophalen.

Papirolinea, S.L., Plaça Sant J. Oriol, 3,
www.ilpapirofirenze.it

Papirum

Als kind al vond ik ze fascinerend. De vormgeving vond ik altijd al fantastisch, dat zwarte, dat klassieke. De elegante, maar karakteristieke vorm laat veel aan de verbeelding over. Ik kon het niet laten: toen ik zeventien was en genoeg geld bij elkaar had gespaard, heb ik een Montblanc Meisterstück gekocht. Mijn handschrift is verschrikkelijk, maar ik schrijf er nu nog mee. Niet mijn boeken overigens, dat gaat rechtstreeks op de computer.

Montblanc

Wie van vulpennen houdt, vindt in de Passeig de Gràcia (www.montblanc.com) een heel mooie, exclusieve Montblanc-winkel, waar de kleine Daniel helemaal verrukt van zou zijn geweest. Carlos Ruiz Zafón zelf is een groot liefhebber van de Montblanc-vulpennen.

Carrer de Josep Anselm Clavé ademt nog wel iets van de sfeer die lange tijd kenmerkend was voor de hele wijk: een enigszins vergeten en verwaarloosd gebied nabij de haven. Inmiddels zijn er weliswaar wat winkeltjes en eettentjes bij gekomen, maar het is niet een straatje waar je als toerist per se naartoe gaat, omdat het er zo gezellig is. Veel van de zijstraatjes die erop uitkomen, zijn zelfs nog een stuk 'authentieker'. Met andere woorden, oud en vervallen, ouderwetse bedrading hangt als mislukte kerstversiering het hele jaar langs de gevels, de miezerige verlichting in de portiekjes ademt een hopeloze sfeer en de roestige brievenbusjes hangen onver-

Als je op bepaalde plekken gaat staan, dan ziet dat standbeeld eruit als een engel die over de daken zweeft, echt wonderbaarlijk. Als je vroeger vanaf een hogergelegen plek in de richting van de zee keek, dan zag je altijd dat beeld van La Mercè, een fee lijkt ze.

"Vanmiddag, rond etenstijd, ben ik naar het hoofdpostkantoor gegaan en heb een praatje gemaakt met een oude bekende die daar werkt. Het postbusnummer 2321 staat op naam van een zeker José María Requejo, advocaat met een praktijk in Calle León XIII. Ik ben zo vrij geweest het adres in kwestie te controleren en was niet verbaasd toen ik erachter kwam dat het niet bestaat, hoewel ik veronderstel dat u dat al weet. De correspondentie gericht aan dat postbusnummer wordt al jaren door een persoon opgehaald. (...) Ik kan u slechts de naam geven van de persoon die de correspondentie ophaalt: Nuria Montfort."

anderlijk scheef. Veel van deze straatjes, zoals de Carrer de la Fusteria, Carrer d'En Gignàs, Carrer d'En Serra of de Carrer dels Codols en Carrer d'En Carabassa zijn overgeslagen bij de grote opknapbeurt voor de Olympische Spelen van 1992. Maar juist daarom zijn ze zeer illustratief voor het Barcelona van *De schaduw van de wind*.

Papabubble

Vermeldenswaard is dit winkeltje aan de Carrer Ample, het verlengde van Carrer de Josep Anselm Clavé, omdat hier op traditionele wijze snoepgoed wordt vervaardigd. Zoiets trekt toeschouwers en echt niet alleen kinderen onder de twaalf!
Door de grote ramen kun je makkelijk vanbuiten toekijken hoe de bonte suikerstaven worden getrokken en tot veelkleurige en veelvormige snoepjes en zuurtjes worden verwerkt.
Carrer Ample, 28 – hoek Carrer de la Plata,
www.papabubble.com

Lekkers voor de zoetekauwen

Hoofdpostkantoor

Het hoofdpostkantoor ligt helemaal onder aan de Via Laietana. Het monumentale pand dat uitkijkt over het Plaça d'Antonio López is voorzien van een brede trap en rijk versierd met zuilen,

Hoofdpostkantoor met stijl

ornamenten en standbeelden. Het wordt nog steeds gebruikt als hoofdpostkantoor en hoewel er overal in de stad postzegels te krijgen zijn bij de *Tabaco*-winkeltjes, is het gebouw zelf het beste excuus om ze juist hier te kopen.
Plaça d'Antonio López, [s/n]

Prefectura Superior de Policia

Gek veel meer dan wat Carlos er over vertelt, is er niet over te zeggen. Het is vanbuiten mooi in de verf gezet, de vlaggen waaien in de wind, maar het voelt zeker niet alsof je daar eens op je gemak gaat rondkijken.
Carrer de Julià Portet, hoek Via Laietana

Dit is het politiebureau uit de roman, het bureau waar Fumero dood en verderf zaaide, compleet met kerkers waar men zonder enige vorm van proces kon worden opgesloten ten tijde van de Franco-dictatuur. Nu wordt er niet veel gebruik meer van gemaakt, maar staat het er nog als een soort Gestapo-hoofdkwartier uit die tijd. Wel is er een dependance van de Policía Nacional gehuisvest. Da's toch een heel ander verhaal, maar het heeft nog steeds geen goeie vibes.

L'Eixample

L'Eixample

Nadat het halverwege de negentiende eeuw eindelijk mogelijk was geworden om de stad uit te breiden buiten de oude stadsmuren, werd het plan van Ildefons Cerdà gerealiseerd. Per koninklijk decreet werd vastgelegd dat de uitbreiding volgens zijn ontwerp zou worden uitgevoerd, hoewel vele inwoners van de stad andere ontwerpen mooier vonden.

De hele wijk is opgezet uit grootse huizenblokken met ruime binnenplaatsen aan brede straten die parallel lopen. De blokken liggen links en rechts van de Passeig de Gràcia, de zogenaamde Eixample Esquerra en Eixample Dreta. De Passeig de Gràcia is de weg die tot dat moment de binnenstad met het dorpje Gràcia verbond. Was dit oorspronkelijk maar een bescheiden weggetje, nu is het een van de grootste boulevards waar dure en exclusieve winkels te vinden zijn, *the women's mile* van Barcelona, zou je kunnen zeggen! Het beroemde Quadrat d'Or, het gouden vierkant waar de hoogste concentratie van beroemde modernistische gebouwen te vinden is, wordt begrensd door de Carrer del Bruc, Carrer d'Aragó, Passeig de Gràcia en de Diagonal. De wijk

Straattegels: elk detail kreeg Gaudís aandacht

biedt naast openbare en privégebouwen (onder andere van Gaudí, Domènech i Montaner, en Puig i Cadafalch), talloze chique winkels, vele met hout versierde etalageramen, uithangborden en smeedijzeren balkons. Dat de straten zo breed zijn opgezet, heeft met de huidige autodichtheid als nadeel dat het verkeer nu rijendik door de wijk bruist. Gelukkig zijn de trottoirs doorgaans zo breed dat je prima van een wandeling kunt genieten. De hele Eixample is zeer de moeite waard om doorheen te wandelen. Voor de huizenbezitters en architecten werd het namelijk een principekwestie om de uniformiteit van Cerdàs plan te ondermijnen door de individuele gebouwen zo opvallend, uitbundig en excentriek mogelijk vorm te geven. Wie geïnteresseerd is in modernistische architectuur kan ook een route volgen die is uitgezet door het Centre del Modernisme (Plaça Catalunya, waar ook het Bureau voor Toerisme is gevestigd).

Modernisme

Het *modernisme* was de meest karakteristieke culturele beweging die zich in Catalonië ontwikkelde aan het eind van de negentiende eeuw en die duurde tot en met het eerste decennium van de twintigste eeuw. De modernisten wilden de cultuur van de zogeheten 'Renaixença' veranderen in een moderne, nationale cultuur en de Catalaanse burgerij omarmde die gedachte van harte. De vele uitingsvormen stelden hen in staat de kunst in hun dagelijks leven te incorporeren en daarmee werd het een symbool van economische macht en nieuw kosmopolitisme. De modernisten hebben in de architectuur verreweg de meeste sporen nagelaten.

Sint Joris

Sint Joris wordt als de beschermheilige van Catalonië gezien. De symboliek van diens gevecht met de draak werd graag

Sint Joris, beschermheilige van Catalonië, verslaat de draak

aangehaald om nationalistische gevoelens uit te drukken. De draak is het beeld voor het kwaad dat het land in zijn greep houdt, een beeld dat voor een bevolking die zich door de eeuwen door diverse vorsten en koningen onderdrukt en kort gehouden voelde, geen verdere uitleg nodig maakt. Beelden van de draak en Sint Joris zijn daarom ook op talloze plekken in de stad te vinden.

Zoals alle oude steden is Barcelona de som van haar ruines. De grote glorie waarop gepocht wordt, de vele paleizen, fabrieken en monumenten, allemaal zaken waarmee we ons identificeren, zijn niks anders dan kadavers, relikwieën van een verloren gegane beschaving.

Deze huizen en de vaak merkwaardige geschiedenis ervan, heb ik in een roman gegoten. Ik vroeg me af waarom niemand ze ooit had gebruikt, ze zijn fantastisch materiaal voor een scenario!

Casa Fuster

De geschiedenis van Hotel Casa Fuster is exemplarisch voor de wisselvallige geschiedenis van de rijke elite in Barcelona. Gelukkig kenden sommige gevallen toch een goed einde en is het nu nog mogelijk om van een schitterend gebouw als Casa Fuster te genieten.

Casa Fuster gold als het duurste gebouw van de stad

Genieten in het Café Vienés

Mariano Fuster, afkomstig uit de high society van Mallorca, vestigde zich aan het einde van de negentiende eeuw in Barcelona, waar hij trouwde met Consuela Fabra, dochter van de markies van Alella. Hij besloot voor zijn vrouw een spectaculair huis te bouwen en kocht het perceel aan het einde van de Passeig de Gràcia. Als architect contracteerde hij niemand minder dan Lluis Doménech i Montaner, die ook het nu wereldberoemde Palau de la Música Catalana had ontworpen. Doménech i Montaner was een aanhanger van het modernisme en het huis dat hij ontwierp was spectaculair en gold in die tijd als het duurste gebouw van de stad. Dit is niet verbazingwekkend, de buitenkant is helemaal van wit marmer en verder zijn uitsluitend de beste materialen gebruikt.

In 1911 kon de familie na drie jaar bouwen eindelijk haar intrek nemen in het gigantische palazzo. De familie Fuster woonde op de eerste verdieping en hield op de begane grond een salon voor hun sociale verplichtingen. De overige verdiepingen werden verhuurd. Helaas moest de familie al aan het begin van de jaren twintig verhuizen omdat onderhoud van het gebouw te kostbaar bleek.

Met name de salon op de begane grond kende daaropvolgend een wisselende geschiedenis – er zat onder andere een tijd lang een herenkapsalon – totdat energiemaatschappij Enher het gebouw kocht. Het plan van Enher om het gebouw af te breken en in plaats daarvan een flatgebouw neer te zetten, stuitte op zoveel weerstand onder de stadsbewoners dat de maatschappij het hoofdkantoor uiteindelijk in het bestaande gebouw huisvestte.

In het jaar 2000 werd Casa Fuster opgekocht door Hoteles Center en in volle glorie hersteld en verbouwd tot een luxe vijfsterrenhotel met 96 kamers. Het respect voor het oorspronkelijke ontwerp en de zorgvuldige verwerking van hoogwaardige materialen hebben het pand de élégance en charme van vroeger tijden teruggegeven. De inrichting is modern en luxueus, maar blijft in harmonie met de modernistische details. De salon op de begane grond is nu het Café Vienés. De grote, versierde ramen kijken uit op de Passeig de Gràcia. Het gewelfde, goudkleurige plafond, de zuilen en de sofa's die als een slinger de ruimte verdelen, creëren een exclusieve uitstraling. Waar vroeger de koetsen binnenreden, is nu de in zwart marmer afgewerkte hal van het hotel. Op de eerste verdieping ligt Restaurant Galaxó, waar de beste tradities van de Catalaanse keuken verbonden worden met avant-gardistische creativiteit. Het design van gewelfde plafonds en zuilen komt ook in de benedenverdieping terug, waar onder meer de ontbijtruimte van het hotel te vinden is.

Op de bovenste verdieping ligt een terras dat een prachtig panorama biedt over de Passeig de Gràcia tot aan de Barri Gòtic, en over de heuvels die achter het gebouw omhoogrijzen. Er is bovendien een klein zwembad om even af te koelen, evenals een fitnessruimte en een sauna.

De prijzen komen overeen met de geboden luxe. Wie niet het geld wil spenderen aan een overnachting, kan gaan eten in het restaurant of een drankje nemen in Café Vienés. Het is beslist de moeite waard het Casa Fuster te bezoeken om een indruk te krijgen van de grandeur van dit modernistische gebouw. Op deze plekken kun je wegdromen in de tijd en je het leven voorstellen dat rijke families geleid moeten hebben.

Hotel Casa Fuster, Passeig de Gràcia, 132,
www.hotelcasafuster.com

De geschiedenis van de familie Fuster en hun Casa is vergelijkbaar met de geschiedenis van andere rijke families en bekende gebouwen in de stad. Terwijl rond de eeuwwisseling het geld blijkbaar niet op kon en alles mogelijk leek, lieten de gang van de wereldeconomie en de politieke situatie in Spanje zelf de mooie zeepbel uit elkaar spatten. In 1898 gingen de overzeese koloniën verloren en aan het begin van de twintigste eeuw was heel Spanje een land van politieke onzekerheden. De kloof tussen rijk en arm zo groot dat conflicten onvermijdelijk waren. De ene staatsgreep volgde op de andere. Terwijl de renaissance van het Catalaanse nationalisme met name ook voor de kunsten een opleving bracht, zorgde de dictatuur van Rivera en Franco er daarentegen voor dat alles wat als bourgeois werd beschouwd, vernietigd werd. Een aantal prachtige gebouwen van het fin de siècle werd afgebroken en puur omdat men het niet nodig vond energie te steken in het afbreken ervan, bleven gelukkig ook enkele belangrijke monumenten bewaard. Ze werden wel aan hun lot overgelaten en raakten daardoor in verval. Pas laat in de twintigste eeuw zou er weer een besef ontstaan dat het de moeite waard was deze schatten te koesteren.

Casa Milà

Het riante gebouw dat in de stad de naam La Pedrera – de steengroeve – kreeg, werd na zijn voltooiing met zeer gemengde gevoelens ontvangen en werd zelfs het onderwerp van talloze spotprenten.

De bouw duurde van 1906 tot 1910 en Gaudí heeft ervoor gezorgd dat waar mogelijk geen

Bewogen steen

rechte lijnen en hoeken te bekennen zijn. Het betrof hier een nieuwbouwproject, wat betekende dat Gaudí zich met elk detail bezighield en alles op elkaar afstemde. De natuurlijke vormen en lijnen zijn overal in het gebouw terug te vinden. De voorgevel lijkt als door een golf gestuwd de hoek om te bewegen, wat het gebouw een minder massief en zwaar aanzien geeft. Het stenen vlak wordt mooi onderbroken door de smeedijzeren balkons.

De huidige eigenaar, Fundació Caixa Catalunya, heeft het gebouw opengesteld voor bezichtiging, tentoonstellingen en cultuurevenementen. De bovenste verdieping is geheel gerestaureerd en gemeubileerd in de stijl van begin twintigste eeuw. Verder is er een tentoonstelling over het leven en werk van Gaudí. Maquettes, foto's en videopresentaties geven een rijk beeld van het werk en de technische oplossingen voor de specifieke bouwtechnische problemen van zijn ontwerpen. Gaudí had in velerlei opzicht vooruitstrevende ideeën, maar helaas waren die vaak hun tijd ver vooruit of om financiële redenen niet haalbaar. Zo wilde Gaudí bijvoorbeeld dat de bewoners hun voertuigen (die toen net in opkomst kwamen) naast de ingang van de flat konden parkeren. Dit kostte echter zoveel ruimte dat het niet te realiseren was, maar de oplossing die Gaudí verzon, was een ondergrondse parkeergarage.

Beroemd zijn de schoorstenen op het dak, die lijken op science-fiction-krijgers die een fort bewaken. Foto's en reproducties daarvan ontbreken in geen enkele souvenirwinkel, ze dienen als motief voor posters, magneetjes, kaarten en zelfs voor peper- en zoutstellen.

Om het geheel te bezichtigen, moet u entreegeld betalen. Wel kunt u altijd naar een gratis tentoonstelling in de tentoonstellingsruimte. Onderin bevindt zich een museum- annex souvenirwinkel.

Casa Milà, Passeig de Gràcia, 92, www.lapedreraeducacio.org

Manzana de la Discordia

Op de Passeig de Gràcia staan drie van de bekendste bouwwerken van het modernisme. Alhoewel alle drie de huizen gebouwd zijn op het hoogtepunt van het modernisme, laat de grote verscheidenheid zien dat iedere architect ook weer zijn eigen richting koos.

Casa Batlló

Dit is het bekendste gebouw van de drie. Gaudí ontwierp het voor

Mijn vader verkocht verzekeringen. Als kind moest ik in de vakanties voor hem werken en mensen hun polissen brengen. Door dat vakantiebaantje ken ik niet alleen de stad en de verschillende wijken heel erg goed, maar ik kwam ook overal binnen en zag hoe de mensen leefden en hoe hun huizen gedecoreerd waren. Jarenlang bracht ik zo mijn vakanties door en ik had er een hekel aan, want mijn vrienden hadden echt vakantie, gingen naar de film, lummelden wat rond, terwijl ik altijd maar weer die polissen moest rondbrengen.
Maar ik kwam in alle wijken, in fabrieken en warenhuizen, bij schatrijke lui en bij mensen die geen cent te makken hadden, overal. Meestal ging ik te voet, soms nam ik de bus of de metro. Ik inde ook geld of cheques, in ruil voor een reçu, allemaal zaken die tegenwoordig door de bank worden gedaan. Niemand komt nog aan de deur voor verzekeringen, maar dertig jaar geleden was dat heel gebruikelijk.

de textielbaron Batlló i Casanovas, waarbij een bestaand huis als basis diende, maar door hem drastisch werd verbouwd. Het verhaal gaat dat het een uitbeelding is van de legende van Sint Joris en de Draak. Het dak is gewelfd als een drakenrug en de buitenkant lijkt op een schubachtige huid. De schedelvormige balkons vormen een geliefd object voor de camera. Beenderen en pezen omlijsten de ramen. Alles golft en glinstert en binnen noch buiten is ook maar een rechte hoek te vinden.
Gaudí heeft hier niet alleen de buitenkant van het huis vormgegeven, maar was ook verantwoordelijk voor de complete vormgeving van het interieur en het meubilair.
Niet alle delen van het gebouw zijn toegankelijk, aangezien het huis in bezit is van een bedrijf.
Casa Batlló, Passeig de Gràcia, 43, www.casabatllo.es

Sinaasappelboom op de Passeig de Gràcia

Casa Amatller

Het gebouw naast Casa Batlló met de kleurrijke, geometrische façade is Casa Amatller van de architect Josep Puig i Cadafalch. Hij verwerkte invloeden en ideeën uit de rest van Europa, wat bijvoorbeeld te zien is aan de gevel, die duidelijk aan Amsterdamse grachtenpanden doet denken. De redelijk strakke, neogotische en geometrische vormen worden door krullende elementen en versiersels onderbroken. Vreemde sculpturen van dieren bevolken de façade en lijken naar boven te klimmen.

Toegankelijk is alleen de entree en wat verder doorlopend naar achteren kom je in een keuken met een paar oude details, de keuken van de voormalige chocoladewinkel Amatller. In het winkeltje voor boeken en souvenirs worden daarom ook nog repen en dergelijke van Amatller verkocht.

Achterin is ook de tentoonstellingsruimte van de Stichting Amatller, die gebruikt wordt voor wisselende exposities.

Casa Amatller, Passeig de
Gràcia, 41

Casa Lleó Morera

Casa Lleó Morera is nog steeds een van de meest magnifieke gebouwen, hoewel het zwaar heeft geleden onder de Burgeroorlog. Ook de verbouwing van de begane grond tot winkelpand in de jaren veertig van de vorige eeuw heeft niet echt geholpen. Zo was het pand bijvoorbeeld versierd met figuren van de beeldhouwer Eusebi Arnau, maar die zijn gesloopt of weggehaald. In tegenstelling tot veel van Gaudís werk, is dit gebouw veel luchtiger, minder zwaar.

De architect, Lluís Domènech i Montaner, is een van de belangrijke personen geweest die heeft bijgedragen aan een eigen variant van de art nouveau, het *modernisme*, waarmee hij het nationale Catalaanse karakter vorm heeft gegeven.

Ook dit pand is privé-bezit en daarom alleen vanbuiten te bezichtigen.

Casa Lleó Morera, Passeig de
Gràcia, 35

Casa Vinçon

Laat je niet afschrikken door de zwarte, strakke inrichting van dit woonwarenhuis. Op de begane grond is inderdaad niet veel meer van het oorspronkelijke gebouw te zien, in tegenstelling tot de eerste verdieping. Meteen als je de trap oploopt, komt de gigantische open haard in zicht, met moderne meubels eromheen gegroepeerd en tijdens een rondgang door de meubel-

Dat werk met die polissen heb ik gedaan tot ik uit huis ging, op mijn achttiende of negentiende. Ik was toen vrij jong en mijn vader besefte op dat moment dat ik hem niet ging opvolgen. Maar zolang je nog thuis woont en je ouders voor alles betalen en alles voor je doen, is het ook niet gek dat je doet wat ze vragen. Ik wilde heel graag meer tijd voor mezelf, dus het was niet heroïsch om zo jong uit huis te gaan, het voelde voor mij als een bittere noodzaak.

Zo was het ook met Los Angeles. Ik had als kind en als tiener nooit het gevoel dat ik echt gelukkig was in Barcelona, hoe verder weg ik was, hoe beter ik me voelde. De redenen doen er in de loop van de tijd steeds minder toe, je constateert het slechts. Dus het voelde al als heel laat toen ik op mijn 29e naar Los Angeles vertrok. Ik dacht er toen namelijk al heel lang over om een tijd weg te gaan, maar wist nog niet goed hoe ik het zou aanpakken. Totdat ik een vriend van vroeger tegenkwam die daar op dat moment als scriptschrijver werkte en hij bracht me op het idee. Het zou me bovendien de middelen geven om te schrijven wát ik wilde en wannéér ik wilde, zonder dat ik me door financiële omstandigheden gedwongen zou voelen om boek na boek te produceren. Ik had toen al wat young adult *boeken geschreven en één ervan had een grote prijs gewonnen.*

zaak kun je genieten van oude plafonds, prachtige mozaïekvloeren en bijzonder houtsnijwerk. Ook is er een deur naar een zeer ruime patio, die trouwens grenst aan La Pedrera. Niet alles is even mooi bewaard gebleven omdat het geheel als open ruimte voor tuinmeubels dient, maar het heeft een paar interessante en mooie details en het is er opvallend stil, zo midden in de stad.

Casa Vinçon, Passeig de Gràcia, 96, www.vincon.com

Casa de les Punxes

De naam komt van de spitse torentjes op het dak. De architect Josep Puig i Cadafalch heeft zich voor dit gebouw duidelijk laten inspireren door middeleeuwse kastelen. De aan elkaar gebouwde huizen zijn privébezit en daardoor is het helaas niet mogelijk om ze vanbinnen te bekijken. Als de deur toevallig opengaat is het wel mogelijk om de entrees te bezichtigen en dan blijkt dat de keramische kunst een belangrijke rol speelt. Door zijn opvallende uiterlijk is het

een van de markante gebouwen van L'Eixample. Het is bovendien een voorbeeld van de betekenis die de ontwikkeling van een eigen stijl (het *modernisme*) voor het bewustzijn van Catalonië had. Want in een paneel van keramiek aan de zijde van Carrer del Rosselló wordt wederom Sint Joris aangeroepen die in de legende de draak van het kwaad verslaat: Beschermheilige van Catalunya, geef ons onze vrijheid terug.
Hoek Diagonal met Carrer del Rosselló

Nog steeds zijn de bouwkranen hoger dan de kerktorens

La Sagrada Família

Al in 1882 werd de eerste steen gelegd voor de Temple Expiatori de la Sagrada Família (de boetekerk van de Heilige Familie). Het geld daarvoor kwam van een stichting die was opgericht rondom de aanbidding van de Heilige Familie. De Heilige Familie figureerde voor de leden van de stichting als ideaalbeeld voor een Catalaanse staat, die in deze visie duidelijk patriarchaal opgebouwd en niet door de vrijzinnige idealen van de moderne tijd ondermijnd moest worden.
Het oorspronkelijke ontwerp van Francesc del Villar was een neogotische kerk, maar Gaudí, die in 1883 was aangenomen nadat Francesc del Villar wegens onenigheden was vertrokken, had duidelijk grootsere plannen. Niet alle plannen zijn bewaard gebleven, omdat een woedende menigte tijdens de Burgeroorlog in 1936 de crypte en de werkplaats van Gaudí in brand stak en vele maquettes vernielde.
De façades van de Sagrada Família beelden het leven van Jezus uit, van zijn geboorte tot zijn dood. De binnenkant vertegenwoordigt het heilige Jeruzalem, waarin het lam Gods leeft. De Geboortefaçade aan de kant van Carrer de Marina bestaat voor het overgrote deel uit beeldhouwwerk: de Heilige Familie, engelen, figuren, dieren en planten, de hele schepping juicht om de geboorte van Christus. Deze gevel, gericht naar het

Waterspuwer à la Gaudí

Detail Lijdensfaçade

oosten en met drie ingangen die aan hoop, geloof en liefde gewijd zijn, vangt het eerste licht van de dag op.

Aan de andere kant, gericht naar het westen (bij de Carrer de Sardenya), is de Lijdensfaçade. Hier is nu tevens – zij het tijdelijk – de hoofdingang. Josep M. Subirachs, die in 1986 aangetrokken werd om met het werk aan de kerk door te gaan, heeft veel kritiek gekregen op zijn on-Gaudiaans hoekige, harde beelden, die de pijn en vernedering van Jezus' laatste levensfase uitbeelden. Het is niet meer te achterhalen wat Gaudí hier zelf gedaan zou hebben, maar hij was er wel duidelijk over dat deze façade absoluut het tegenovergestelde van de Geboortefaçade zou moeten oproepen. Deze kant staat voor droefenis, ellende en dood.

Op het zuiden (aan de kant van Carrer de Mallorca) moet de Gloriefaçade komen, waar het gaat over zonden en deugden en alleen gebed en de sacramenten tot de hemel kunnen leiden. Als alles gereed is, zal hier de hoofdingang komen.

Gaudí was duidelijk van plan om de oorspronkelijke vorm van de kerk ver de hoogte in te trekken. Met uiteindelijk achttien torens wilde hij de blik van de bezoeker naar de hemel richten. Zelf heeft hij slechts van één toren de voltooiing meegemaakt en dat was zeker niet een van de hoogste. Op zijn tekeningen is te zien dat hij plannen had voor nog veel hogere torens. Door geldgebrek en het feit dat hij heeft bepaald dat de Sagrada Família slechts met geld uit particuliere giften afgebouwd mag worden, gaat de bouw van met name de torens heel, heel langzaam maar gestaag door. Toen Gaudí er nog aan werkte, lag de bouw al regelmatig stil omdat de fondsen uitgeput waren. Ook de binnenkant is nog een grote bouwput, dus van een rustige, sacrale ruimte is tot op heden geen sprake. Toch kan geen bezoeker van de stad om de Sagrada Família heen. Per slot van rekening is het Gaudí ten voeten uit om een ruimte tot op de laatste centimeter uit te werken en te versieren, dus er is nog steeds bijzonder veel te zien.

Het museum in de crypte geeft een toelichting op de geschiedenis van de kerk door tekeningen en maquettes, en een kijkje in de werkplaats. De torens kunnen beklommen worden. Twee van de torens van de Geboortefaçade zijn door een bruggetje met elkaar verbonden en bieden een prachtig uitzicht. Ook zijn er elke dag rondleidingen en er zijn audiogidsen te huur.

Een goed begin is een kort wandelingetje rondom de kerk te maken alvorens naar binnen te gaan.

Carrer de Mallorca, 401,
www.sagradafamilia.org,
www.subirachs.org

Hospital de la Santa Creu i Sant Pau

De Avinguda de Gaudí verbindt de Sagrada Família met het Hospital de la Santa Creu i Sant Pau. Lluís Domènech i Montaner ontwierp dit uitzonderlijke complex van paviljoens, dat nog steeds in gebruik is als ziekenhuis. Het ontwerp had als doel om de patiënten te helpen bij het herstel door middel van kleur, groen en frisse lucht. Het mocht geen neerslachtig labyrint van kale, witte wandelgangen worden.

Lluís Domènech i Montaner kwam op het briljante idee om het hele bouwterrein af te graven en de facilitaire diensten en de wandelgangen onder de grond aan te brengen. Daarmee kon je wel beschut en makkelijk toegang tot alle afdelingen krijgen. Voor het bovengrondse deel kon Domènech zich losmaken van het strenge stramien van rechte wandelgangen en ontwierp hij een grote tuin met paviljoenen, waarin de verschillende afdelingen en zalen ondergebracht werden. Elk paviljoen is uniek en met vele details en kleuren afgewerkt.

Het is niet mogelijk om zomaar elke afdeling binnen te lopen, maar een discrete wandeling in de tuin is wel mogelijk. Echte rondleidingen worden gegeven door het Centre del Modernisme (10–14 uur), dat in het ziekenhuis een informatiepunt heeft.

Carrer de Sant Antoni Maria Claret, 167, www.santpau.es,
www.rutadelmodernisme.com

De galerie waar Daniel en Bea elkaar ontmoetten

Vitamine C binnen handbereik

Universitat de Barcelona

De universiteit van Barcelona werd al in 1450 gesticht. Het huidige gebouw werd gebouwd tussen 1860 en 1872, met tussenpozen, want er was niet altijd voldoende geld. De buitenkant toont de Catalaans-Romaanse stijl, waarin het nationalistische bewustzijn wortelt. Andere fases uit de Spaanse geschiedenis komen terug in de mozarabische en Byzantijnse elementen van de binnendecoratie, terwijl de ijzeren dragers in de bibliotheek juist helemaal kaal bleven.

Dit gebouw is grotendeels voor bezoekers toegankelijk. Vanuit de hoofdingang leidt rechts een brede trap in de hal naar de eer-

Professor Velázquez had zijn kantoor op de tweede verdieping van de Letterenfaculteit, aan het einde van een gang met tegels in schaakbordpatroon en poederachtig licht, die op de zuidelijke kloostergang uitkwam. Ik vond de professor in de deuropening van een aula, terwijl hij pretendeerde te luisteren naar een leerlinge met een spectaculair figuur, gehuld in een donkerrood pak dat op haar lijf geschilderd leek, en met een paar klassieke kuiten die glansden in kousen van fijne zijde.

ste verdieping waar de wandelgangen te vinden zijn, waar Daniel Beatriz ontmoette. Het oude gebouw doet de tijd uit het boek direct herleven.

Door de stenen vloeren en de goede akoestiek echoot het geklik van hakken nog steeds over de galerijen. Je kunt niet alle gangen bezoeken, maar in het koele, oude gebouw kun je rustig rondlopen en wat oude schilderijen bekijken, je kunt van de binnentuin genieten of de bibliotheek bezoeken. Ook deze is geopend voor bezoekers. Het is een vreemde gewaarwording om tussen heel oude boeken te staan en tegelijk het snelle getik van de computertoetsen te horen. Foto's maken in de wandelgangen is geen probleem, in de bibliotheek is het verboden.

Gran Via de les Corts Catalanes, 585, www.ub.es

Het liep al tegen middernacht toen we bij het portiek van Bea's huis aankwamen. We hadden bijna de hele weg in stilte afgelegd, zonder te durven zeggen wat we dachten. We liepen apart, verborgen ons voor elkaar. Bea liep kaarsrecht met haar Tess onder de arm en ik volgde haar op een pas afstand met haar smaak op mijn lippen. (...) De afgelopen uren hadden zich in een andere wereld afgespeeld, een universum van aanrakingen, blikken die ik niet begreep en die me van m'n verstand en schaamte beroofden. Nu terug in de realiteit van de wijk Ensanche liet de betovering los en ervoer ik nog slechts een pijnlijk verlangen, en een onbeschrijflijke onrust.

Huis van de familie Aguilar

Waar het huis van de familie Aguilar te vinden is, is in de roman niet precies beschreven. Er staat slechts dat het in de wijk Eixample zou staan en de auteur volstaat met een vage aanduiding, meer niet. Carlos Ruiz Zafón zelf zegt dat hij geen concreet adres voor ogen had, maar om toch een idee te krijgen van wat voor soort huis het zou kunnen zijn, is het een goed idee om de huizen rondom het kruispunt van de Carrer Aribau en de Consell de Cent eens te bekijken. Dit kruispunt ligt vlak achter de universiteit en het is zeker de moeite waard om vervolgens de Consell de Cent nog een stukje door te lopen tot aan de Carrer Enric Granados en dan naar rechts af te slaan, want daar staan ook nog een paar prachtige panden met kleurige

Arc de Triomf

tegeltjes op de gevels.

Met de Arc de Triomf als startpunt is het zeer de moeite waard om de grote straten als de Passeig de Sant Joan, de Carrer d'Ausiàs March, de Carrer del Bruc en de Carrer del Casp én vele kleinere zij- en parallelstraten te bekijken vanwege de hoge concentratie modernistische gebouwen. Er zijn prachtige entrees te zien, overdadig gedecoreerde hallen, of goed onderhouden, stokoude liftjes met glazen panelen en met fluweel beklede, houten bankjes. Oorspronkelijk waren alle woningen in deze panden zeer royaal opgezet. Inmiddels zijn ze echter bijna allemaal in minimaal twee appartementen opgesplitst, zoals uit de panelen met de deurbellen is op te maken. Dat levert overigens nog steeds een heel behoorlijk aantal vierkante meters op.

In Carrer de Casp bijvoorbeeld, komt u langs Casa Calvet, te midden van vele andere, mooi gerestaureerde, maar authentiek aandoende panden. Casa Calvet is bijzonder, omdat het het enige gebouw is waarvoor Gaudí ooit een prijs heeft gekregen. Er zit nu een restaurant in en vanbinnen is het alleen te zien door er te gaan eten. Deze hele wijk ligt behoorlijk centraal, want vanaf Casa Calvet is het nog maar een klein stukje naar de Passeig de Gràcia of het Plaça Catalunya.

Casa Calvet, Carrer de Casp, 48

De Tapa Madre

Behalve gewoon aan tafel worden de uitstekende gerechten geserveerd aan een lange bar, en met goed weer staan er ook tafeltjes buiten. Een portie *jamón* hier is prijzig, maar ze serveren de allerbeste!

Hoek Carrer de Mallorca, 301 en Carrer del Bruc,
www.detapamadre.com

Roig Robí

De traditionele Catalaanse keuken op basis van seizoensproducten krijgt hier subtiel een moderne touch zonder de authenticiteit te verliezen. Het is

prijzig – hoewel voor Nederlandse begrippen de prijs-kwaliteitverhouding uitstekend te noemen is – maar het is een mooi, strak restaurant in een straatje buiten de gebruikelijke toeristische route en men kent er zijn vak.
Carrer de Sèneca, 20,
www.roigrobi.com

Achtergrondinformatie over drie van de belangrijkste modernistische architecten

Antoni Gaudí i Cornet (1852–1926)

Geboren en getogen op het platteland, waar hij veel tijd had om de natuur te bestuderen, kwam Antoni Gaudí in 1870 naar Barcelona om architectuur te studeren. De meeste van Gaudís werken zijn in Barcelona te vinden en zijn hele leven – en nog lang daarna – zouden de meningen verdeeld blijven: was hij een gek of een genie? Voor zijn ontwerpen zocht hij inspiratie in middeleeuwse boeken, in de gotische kunst, die in zijn tijd herleefde, in oriëntaalse bouwwerken en in de organische vormen en structuren van de natuur. Rechte lijnen en strakke vormen zijn bij hem ver te zoeken.
De jonge architect Gaudí met zijn bijzondere ideeën zat in het Barcelona van de eeuwwisseling op een perfecte plek. De textielindustrie, die een enorme bloeiperiode doormaakte, bracht grote rijkdom met zich mee en de nouveaux riches wilden zich om-

Zondagochtendpraatje

geven met prestigieuze projecten en kunst. Toch was zijn eerste grote opdracht een huisvestingsproject voor fabrieksmedewerkers. Aangezien hij zelf uit een familie van kopersmeden kwam, bleef hij zich zijn leven lang verbonden voelen met de arbeidersklasse. Gaudís ontwerp voor dit project was echter zo vooruitstrevend dat slechts een deel van de fabriek en een kiosk daadwerkelijk gebouwd werden.

De jaren 1900 tot 1907 gelden als zijn creatiefste periode, waaruit zijn bekendste ontwerpen en bouwwerken zouden ontstaan (zoals het Casa Battló, het Park Güell, de kerk van Colònia Güell en het Casa Milà).

Met alle bouwwerken toonde Gaudí zich trouw aan twee religies: hij was een diepgelovig katholiek en hij geloofde in het Catalaans nationalisme. Zijn ontwerpen zijn doordrongen van symbolen en met zijn vormgeving geeft hij uitdrukking aan zijn geloof en aan het Catalaans nationalisme. Hoewel zijn creaties nu vooral decoratief en kleurrijk lijken, zien ze er zo uit omdat Gaudí daarmee een boodschap wilde overbrengen. Vruchten en planten, bijvoorbeeld, zijn niet alleen mooi om te zien, maar dienen ook als een verwijzing naar de Bijbel. Soms was dit teveel gevraagd van de opdrachtgevers. Zo wilde Gaudí bijvoorbeeld aan de voorkant van het Casa Milà een vier meter hoge bronzen plaat aanbrengen met een afbeelding van de Heilige Maria erop. Maar omdat de eigenaar dusdanig grote problemen van zulk opzienbarend religieus vertoon verwachtte, ging het niet door.

Een andere lastige kwestie was dat Gaudí eindeloos aan zijn ontwerpen sleutelde, tot in de laatste, kleinste details. Zo vond Milà dat Gaudí niet zozeer een aanslag deed op zijn portemonnee, alswel op zijn geduld, omdat er telkens weer iets veranderd en verbeterd diende te worden, waardoor de voltooiing eindeloos lang op zich liet wachten.

In zijn laatste jaren, vanaf 1918

De avond valt

tot aan zijn dood, wijdde Gaudí zich geheel aan één project: de Sagrada Família, waarvan hij voor de bouw reeds in 1883 de leiding had overgenomen. Hij leefde als een kluizenaar in een hutje op de bouwplaats, weigerde salaris te ontvangen en ging bij iedereen om geld bedelen om het werk aan de kerk voort te kunnen zetten. Toen hij op 7 juni 1926 door een tram werd aangereden, herkende niemand de oude man in zijn afgedragen kleding en werd hij overgebracht naar de armenafdeling van het Hospital de Santa Creu i Sant Pau. Pas de volgende dag werd duidelijk dat hij de beroemde architect was. Enkele dagen later, op 12 juni, stierf Gaudí. Hij ligt begraven in de crypte van de Sagrada Família.

Lluís Domènech i Montaner (1850–1923)

Lluís Domènech i Montaner bezat van kinds af aan al een grote passie voor architectuur. Hij begon weliswaar met natuurkunde en bouwkunde, maar studeerde uiteindelijk af als architect. In tegenstelling tot Gaudí, een gereserveerd en wat zonderling figuur, had Lluís Domènech een rijk en druk sociaal leven als architect, historicus, uitgever, ontwerper, leraar en Catalaans politicus.

In zijn ontwerpen gebruikte hij historische elementen, die hij ontleende aan zijn reizen door Europa en deze vermengde hij met traditionele Catalaanse kunstnijverheid. Domènechs idee van het modernisme was veelomvattend: het betekende voor hem het verleden overzetten naar het heden en zelfs al een voorschot nemen op de toekomst. Zijn gebouwen zijn een mengeling van rationalisme en buitengewoon rijke ornamentatie, die was geïnspireerd op de Spaans-Arabische architectuur en de vloeiende lijnen van de art nouveau. Daarmee bracht hij de agressieve rationaliteit van het architecturale geraamte in evenwicht. Hij werkte met de modernste materialen en had buitengewoon veel verstand van de nieuwe, industriële productietechnieken. Zijn ontwerpen zijn modern en geven tegelijkertijd uitdrukking aan het nationale, Catalaanse karakter. Je zou kunnen zeggen dat zijn stijl over het geheel genomen wat lichter en luchtiger is dan die van Gaudí. Lluís Domènech stierf op 27 december 1923 in Barcelona.

Zijn bekendste werken in Barcelona zijn: het restaurant van het Parc de la Ciutadella, destijds gebouwd voor de Wereldtentoonstelling van 1888 (nu is daar het Zoölogisch

Museum gevestigd); het Casa Lleó Morera (1905); het Palau de la Música Catalana (1908) en het Hospital de Santa Creu i Sant Pau.

Josep Puig i Cadafalch (1867–1956)

Josep Puig i Cadafalch, geboren te Mataró nabij Barcelona, was de derde belangrijke Catalaanse architect.

In zijn werk toont Puig zich een traditionalist, een Catalaan. Zijns inziens kwam al het goede uit de Europese cultuur voort uit de lokale en niet uit de internationale cultuur, dus eigenlijk vond hij zichzelf niet bij de modernistische beweging horen; het nationalistische aspect was voor hem belangrijker. Voor hem was Barcelona het noorden van het zuiden. Catalonië, dat zich uitstrekte tot ver voorbij de Pyreneeën in Frankrijk, had sterkere banden met de Europese cultuur (de waarden en normen kwamen sterker overeen) dan met de Spaans-Arabische tradities die het zuiden van Spanje kenmerken. De gebruikte Noord-Europese stijlelementen zijn dus een uitdrukking van Catalaans nationalisme, ook als de gebouwen soms beter in Duitsland of Vlaanderen lijken te passen.

Net als Domènech was ook Puig een veelzijdig man (architect, binnenhuisarchitect, meubelontwerper, archeoloog, planoloog en politicus). Gebouwen uit een latere fase ogen pragmatischer en strakker, maar daarop volgde weer een fase van monumentale gebouwen.

In 1936, de dreiging van een burgeroorlog was levensgroot aanwezig, vluchtte hij het land uit en hij kwam pas terug in 1943. In 1957 stierf hij in Barcelona.

Zijn bekendste werken in Barcelona zijn: Casa Amatller, Casa Macaya (1901), Casa de les Punxes (1905), Palau del Baró des Quadras (1906) en Casa Company (1911).

Park Güell

In 1900 had Eusebi Güell het idee om een tuinstad in Engelse stijl neer te zetten en hij trok Gaudí aan voor het ontwerp. Het idee was om zestig particuliere huizen te bouwen, omgeven door veel groen. Gaudí ondersteunde dit idee van harte. Hij woonde zelf van 1906–1926 in een van de huizen. In 1914 werd de bouw ruw onderbroken door de Eerste Wereldoorlog; op dat moment waren pas drie van de zestig huizen gebouwd. Er was duidelijk niet echt animo voor huizen op een plek die toen gold als ver buiten de stad. In 1918 stierf Güell en vier jaar later werd het enorme perceel door

Fantastisch park

de gemeente overgenomen en kreeg de bestemming om een stadspark te worden.

Gaudí heeft zich op dit project helemaal uitgeleefd. Meteen bij de ingang staan twee poorthuizen waarvan gezegd wordt dat zij geïnspireerd zijn op het sprookje van Hans en Grietje. De buitenmuren zijn met keramiek versierd en dat keramische element vind je door het hele park terug. Helaas zijn er geen aantekeningen van de meester zelf bewaard gebleven, maar toen met de bouw werd begonnen, was net de opera van Hans en Grietje van Humperdinck naar het Catalaans vertaald en uitgevoerd. Mogelijk heeft hij dus inderdaad inspiratie opgedaan bij het horen van deze opera. In het linkerhuis is nu een souvenirwinkel te vinden. Een brede trap, helemaal in *trencadís*-stijl (zie verderop) versierd, voert je langs de leguaan – die iedereen op de foto wil hebben – naar de zuilenhal met mozaïeken van verschillende zon- en maanstanden. De open, klassieke hal met 86 Dorische zuilen, een hommage aan de Romeinse wortels van Catalunya, was oorspronkelijk bedacht als markthal voor het tuindorp, maar net als de overige 57 huizen is ook dat plan nooit uitgevoerd. Gaudí doorbreekt het strenge klassieke ontwerp doordat de zuilen scheef staan. De uitstekende akoestiek wordt graag door straatmuzikanten benut, dus de kans is groot dat je op een concert getrakteerd wordt. Vanaf deze plek kun je ook weer naar beneden kijken naar de twee sprookjeshuizen bij de ingang (het paddestoelenhuis is het huis van de heks).

Boven de zuilenhal ligt het Plaça de la Naturalesa met de beroemde zitbank in slangenvorm die het hele plein omzoomt. De golvende lijnen van de leuningen en zitbanken en de veelkleurige mozaïekfiguren, gevormd door duizenden en duizenden *trencadissos*, vormen een vrolijke, felgekleurde border. Ook op de wandelpaden heeft Gaudí zijn

Gewild fotomodel

fantasie de vrije loop gelaten en een soort grotten en arcadebogen met druipsteenformaties gemaakt. Op sommige plekken lijkt het alsof je door een stenen golf wandelt.

In het vroegere woonhuis Casa Museu Gaudí zijn een aantal van Gaudís persoonlijke bezittingen te bewonderen en een aantal van zijn meubelontwerpen, die, net als zijn gebouwen, geen enkele rechte lijn kennen. Zijn houten stoelen en banken zijn prachtig en zo organisch van vorm dat ze 'zacht' zitten.

Een bezoek aan het park is gratis, voor het museum wordt een bescheiden entree geheven. Park Güell heeft de afgelopen jaren een grondige renovatie ondergaan en is nu weer in volle glorie te bewonderen. De hoofdingang ligt aan de Carrer d'Olot. Wie slecht ter been is, doet er goed aan een taxi te nemen, want van de bushalte tot aan de ingang is het een behoorlijke klim.

Carrer d'Olot [s/n], open van 10 uur tot zonsondergang, www.casamuseugaudi.org

Trencadís

Voor deze mozaïekkunst worden tegels, glas en borden expres aan stukken geslagen om daarna de losse stukjes weer tot nieuwe vormen bij elkaar te plakken. In het werk van Gaudí neemt deze kunst een prominente plaats in. Zijn belangrijkste medewerker hierbij was Josep Marià Jujol, die veel mozaïeken op zijn naam heeft

Zonnemozaïek

staan. Het verhaal gaat dat alle arbeiders van het Casa Milà, La Sagrada Família en het Park Güell werden gesommeerd om overal in de stad flessen, tegels en borden te verzamelen en naar een speciaal depot te brengen van waaruit de vele scherfjes naar de diverse bouwplaatsen werden gebracht.

Even een dutje op het Plaça de la Naturalesa

TIBIDABO

TIBIDABO

Tot in de negentiende eeuw werd niet buiten de oude stadsmuren gebouwd, en dus was het in het oude gedeelte van Barcelona met een stijgende bevolking altijd woekeren met de ruimte. Met deze informatie in het achterhoofd zijn de huizen die in de negentiende en begin twintigste eeuw in het gebied rond de Tibidabo werden gebouwd, inderdaad enorm en indrukwekkend. Tussen deze huizen en de stad lag bovendien nog een grote groenstrook. Het was een rustige, elegante omgeving, die mijlenver afstond van het gekrioel van de oude binnenstad. De gegoede families lieten hier zomerverblijven bouwen, waar de lucht koeler was, omdat de huizen iets tegen de berg op lagen. De grote tuinen rondom versterkten het gevoel van rust en stilte alleen maar. Hier woonde het grote geld. Dit was een wijk waar je als 'gewone' burger niet zomaar kwam.

Ook nu kun je nog genieten van de uitstraling van deze wijk. Prachtige huizen en soms buite-

Julián was nog nooit naar de andere kant van Avenida Diagonal overgestoken. Die lijn van groepjes bomen, lappen grond en gestrande paleizen die wachtten op een stad, vormden een verboden grens. Daarboven strekten zich gehuchten uit, heuvels en mysterieuze oorden van rijkdom en legende. (...)

Die middag, terwijl ze over de Avenida del Tibidabo omhoogreden, meende Julián de poorten van het paradijs binnen te gaan. Residenties die hem kathedralen toeschenen, flankeerden de weg. Halverwege het traject sloeg de chauffeur af en ze passeerden het hek van een ervan. Ogenblikkelijk kwam er een leger van bediendes in actie om meneer te ontvangen. Alles wat Julián kon zien was een majestueus groot huis van drie verdiepingen. Het was nog niet eerder in hem opgekomen dat er daadwerkelijk mensen in zo'n oord woonden. Hij liet zich meevoeren door de hal, passeerde een gewelfde zaal vanwaar een brede marmeren trap omhoog steeg, omlijnd door fluwelen gordijnen, en kwam in een enorme kamer waavan de muren vanaf de grond tot in het oneindige bedekt waren met boeken.

Een groot deel van mijn kindertijd bracht ik door hier in deze wijk tussen al die oude herenhuizen. Ik kwam er veel met een vriend van me. Half verlaten panden waren het toen en veel ervan zijn verdwenen. Nu wordt er veel nieuws gebouwd, van die mansions *zoals in Beverly Hills.*

nissige ontwerpen wisselen elkaar af. Tegenwoordig worden ze vaak 'bewoond' door advocatenkantoren, ambassades en reclamebureaus, die het wel kunnen opbrengen deze panden te onderhouden.

Door de aanleg van een ring rondom de stad in de jaren tachtig van de vorige eeuw is dit gebied zonder pardon doormidden gehakt. Het lagere gedeelte is afgesneden van de berg en door het lawaai van de ring is de zo kenmerkende rust en sereniteit voor deze wijk, helaas aangetast. De meeste huizen hier zijn niet toegankelijk, maar tijdens een wandeling is het natuurlijk wel mogelijk om ze vanbuiten te bewonderen.

De meer dan honderd jaar oude blauwe tram (Tramvia Blau) rijdt nog steeds naar de Tibidabo. En het zijn dezelfde oude rijtuigen met de houten bankjes, die piepend, knarsend en rammelend omhoog kruipen in een tempo

Instappen in de blauwe tram naar de Tibidabo

Nog steeds de techniek van toen

waarbij je het gevoel krijgt dat lopen nauwelijks langzamer is. Toch blijft het een leuke ervaring om in zo'n historisch vervoersmiddel de eindbestemming te bereiken. Het trammetje volgt de oude route de berg op door deze wijk en eindigt bij het station voor de kabelbaan (Funicular Tibidabo) die de bezoekers naar het attractiepark op de Tibidabo vervoert.

Wie niet naar het attractiepark wil gaan, kan hier een wandeling maken of van het uitzicht genieten vanaf Mirablau, een bar die er al sinds jaar en dag zit en die op heldere dagen een spectaculair uitzicht biedt over de hele stad. Later op de avond, rond 23.00 uur, kun je hier ook dansen.

Attractiepark Tibidabo

Het attractiepark Tibidabo beschikt behalve over de gebruikelijke moderne attracties die je in dit soort parken verwacht, ook nog over een aantal heel oude attracties, zoals L'Avió, een replica van een vliegtuig, waardoor je het gevoel krijgt over de Tibidabo te vliegen.
www.tibidabo.es

Mirablau

Vanuit dit café heb je een schitterend uitzicht over de stad!
Plaça Doctor Andreu, 2

El Asador de Aranda

Casa Rovirata of Frare Blanc, zoals het ook wel wordt genoemd, 'De witte broeder' uit de roman, staat pal tegenover nummer 32.

Verrassende architectuur ook hier

De witte broeder

Het inmiddels tot nationaal cultuurhistorisch monument verklaarde gebouw is een fraai voorbeeld van Catalaans modernisme en is een bezoek meer dan waard, omdat er tegenwoordig een uitstekend Castiliaans grillrestaurant is gehuisvest, met specialiteiten als zuiglam, *morcilla* uit Burgos (bloedworst), *chuletillas* (koteletjes), en *jamón de Jabugo*, de overheerlijke rauwe ham die smelt op je tong.
Avinguda Tibidabo, 31,
www.asadoraranda.com

Avinguda Tibidabo 32

Nummer 32 aan de Avinguda Tibidabo bestaat inderdaad nog steeds en ook in dit pand is tegenwoordig een bedrijf gevestigd. De buitenkant, dat wil zeggen de ligging, de ommuring en het toegangspoortje voldoen echter nog steeds aan de beschrijving in de roman. Ook de aangrenzende huizen komen overeen met de beschrijvingen in de roman. Dat kan eenvoudig verklaard worden: Carlos Ruiz

De tram steeg met de snelheid van een wandelaar door de bomenallee, en over de muren heen waren slotachtige huizen te zien in tuinen die ik mij vol standbeelden, fonteinen, stoeterijen en geheime kapelletjes voorstelde. Ik leunde naar één kant van het platform en herkende het silhouet van de toren van 'De witte broeder' tussen de bomen. Toen we de hoek met Calle Román Macaya naderden, minderde de tram vaart om bijna helemaal tot stilstand te komen. De machinist liet zijn belletje rinkelen en de conducteur wierp me een afkeurende blik toe.
"Vooruit, slimmerik. Opschieten, nummer 32 is daar."
Ik stapte uit en luisterde hoe het gerammel van de blauwe tram wegstierf in de mist.

Toen bijvoorbeeld het huis nummer 29 verbouwd werd, kwamen ze allemaal rare dingen tegen en er gebeurden vreemde dingen. Er was een vent die was geobsedeerd door mijn boek en die dacht dat ik dat allemaal wist en het had verwerkt in mijn boek. Maar ik moest hem teleurstellen, de geheimzinnigheden in het boek zijn fictie.

Nummer 32

Zafón heeft een tijd op nummer 32 gewerkt voor een marketingbedrijf, de omgeving is hem dus welbekend.

Het huis op nummer 32 zelf lijkt echter niet op het toch wat sinistere palazzo uit *De schaduw van de wind*, maar als je Avinguda Tibidabo verder volgt naar boven, kun je halverwege de berg een groot, enigszins donker, omineus bouwsel zien in neogotische stijl, met torens en al. Dát huis komt al veel meer in de richting van het fantasiegebouw in de roman, al heeft de auteur het behoorlijk aangedikt, tot Holly-

Ik heb dat huis nog gezien voor het verbouwd werd, een bouwval was het. Het was het huis van een van de rijkste families van Barcelona destijds, de Macaya's. Het ligt op de hoek met Carrer de Romàn Macaya. De familie had al een heel groot huis aan de Passeig Sant Joan, vlak bij de Diagonal. Een bank, La Caixa, heeft het inmiddels gekocht en het is nu een expositieruimte, en daar is het natuurlijk zeer geschikt voor vanwege de grootte. Toen de familie een beetje krap bij kas kwam te zitten, besloten ze kosten te besparen en een wat eenvoudiger huis te bouwen hier en de oude stad te verlaten. Je ziet, ook het kostenbesparende huis van deze familie was nog een heel aardig optrekje!

Eenzaam verhief zich de donkere, grote toren van het Aldaya-palazzo, verankerd tussen de golvende boomtoppen. Ik streek mijn kletsnatte haren uit mijn ogen en begon ernaartoe te rennen, dwars over de uitgestorven straat. De deur in het grote hek wiegde in de wind. Erachter begon een slingerpad dat omhoogliep tot aan het enorme huis. Ik glipte door het poortje naar binnen en liep het terrein op. Tussen het struweel waren voetstukken van standbeelden te zien die zonder pardon omver waren geworpen. Toen ik dichter bij het huis kwam, zag ik dat een van de standbeelden, de beeltenis van de wrekende engel, in een fontein was achtergelaten die de tuin bekroonde. Het zwart geworden marmeren silhouet glinsterde als een spookbeeld onder het overlopende water. De hand van de vuurengel stak uit het water omhoog; een beschuldigende vinger, puntig als een bajonet, wees naar de hoofdingang van het huis. De bewerkte eikenhouten poort leek half open te staan. Ik duwde tegen de deur en waagde me een paar passen in de holklinkende ontvangsthal. De muren leken te schommelen in het zachte licht van een kaars.

woodachtige proporties, met een beeldentuin, meer versiersels aan de buitenkant, gigantische afmetingen en enorme, holle ruimtes. Een gebouw, kortom, dat de verbeelding prikkelt en meteen nieuwsgierig maakt naar het mysterie dat het verbergt.

De huizen in deze wijk zijn, zoals gezegd, niet te bezichtigen. In de binnenstad echter is het mogelijk om een aantal van deze paleisachtige huizen te bezoeken en dat is zeer de moeite waard. De rijkdommen die de elite – een mix van oud en nieuw geld – rond het fin de siècle had vergaard en de luxe en weelde waarin deze families leefden, worden heel aanschouwelijk gemaakt.

Sarrià-St. Gervasi

Collegi Sant Ignasi

Je zou misschien verwachten dat het beroemde Collegi de les Teresianes (waarvan Gaudí de rechtervleugel ontwierp) als voorbeeld gediend heeft voor Zafóns 'ontwerp' van het Sint Gabriël College, maar in werkelijkheid is het het Collegi Sant Ignasi geweest, in de wijk Sarrià. Carlos Ruiz Zafón heeft hier zelf jarenlang op school gezeten en hij heeft verschillende elementen van de school gebruikt om ze voor de roman als het ware in te dikken.

Ik zat op school op het San Ignacio College. Ik ging met de bus naar school en vaak liep ik een groot stuk van de Carrer de València af als ik aan het eind van de dag weer naar huis ging. Mijn ouders woonden in de buurt van de Sagrada Família, daar ben ik opgegroeid, dus mijn school lag aan de andere kant van de stad. Ik liep de hele weg terug. Het was een behoorlijk eind, ongeveer een uur lopen.

Het Sant Ignasi College is in 1895 als jezuïetenschool begonnen en dient nog steeds als school. Ook in werkelijkheid trekt het gebouw van rode baksteen de aandacht, mogelijk omdat de omgeving net iets kaler is dan in het boek beschreven. Het speelplein en de sportvelden zijn in beton gegoten – veel grijs, weinig groen. De fontein op het

Collegi Sant Ignasi, alias Sint Gabriël College – een imposant gebouw

plein voor de hoofdingang diende als voorbeeld, maar volgens Carlos Ruiz Zafón moeten we ons de school in de roman iets gecomprimeerder voorstellen. Alles zit dichter op elkaar, rondom het fictieve college is het groener, mysterieuzer, met schuilplaatsen in en rond het gebouw en smalle trapgangetjes die naar torens leiden.
Carrasco i Formiguera, 32,
www.stignasi.es

Patroonheilige Sant Ignasi

Het Sint Gabriël College verhief zich te midden van een groep bomen aan het einde van een nauwe slingerstraat die vanaf Bonanova omhoogliep. De met dolkvormen bespikkelde gevel benadrukte het profiel van een gotisch paleis van rode baksteen dat uitliep in bogen en grote torens die op hun beurt in kathedraalachtige lijnen boven de boomkruinen leken te zweven. We stapten uit de taxi en liepen een lommerrijke tuin in, bezaaid met fonteinen met beschimmelde cherubijnen, en een vlechtwerk van stenen paden dat tussen de bomen omhoogkroop. (...)
"Ook al schijnt het u nu het mausoleum van Raspoetin toe, het Sint Gabriël College was in zijn tijd een van de meest prestigieuze en exclusieve instituten van Barcelona. Ten tijde van de Republiek ging het achteruit omdat de nouveaux riches van toen, de industriëlen en bankiers aan wier nazaten gedurende jaren geen plaats werd toegekend omdat hun namen te nieuw roken, besloten om eigen scholen te creëren, waar ze wel met eerbied werden behandeld en waar zij op hun beurt de kinderen van anderen een plek konden weigeren. (...) In zijn goede tijden, laten we zeggen tussen pakweg 1880 en 1930, nam het Sint Gabriël College de crème de la crème op van de kindertjes van oud geld en klinkende beurs. De Aldaya's en de zijnen kwamen in internaatverband naar deze duistere plek om te verbroederen met hun gelijken, de mis te horen en geschiedenis te leren om het zo ad nauseam te kunnen herhalen."

Montjuïc

Castell de Montjuïc

Het kasteel is een achttiende-eeuws fort dat tegenwoordig het Militaire Museum herbergt, waar alles om oorlogsvoering draait: wapentuig, martelwerktuigen, wapenrustingen. Wie verwacht dat er ook aandacht wordt geschonken aan de vermoorde en gemartelde slachtoffers van de Spaanse Burgeroorlog, komt echter bedrogen uit.

De Montjuïc is, anders dan de rest van de stad, geen plek waar door de eeuwen heen gebouwd en gewoond werd, omdat er geen water in de onmiddellijke nabijheid is. Maar misschien heeft de associatie met het fort er ook aan bijgedragen dat dit gedeelte van de Montjuïc nooit echt een trekpleister is geworden. Pas toen het sportcomplex werd gebouwd voor de Olympische Spelen, kreeg het gebied een nieuwe impuls.

Aan de noordkant zijn wel interessante plekken te vinden. Langs de Avinguda Reina Maria Cristina staan de beurshallen en het gebied ten zuiden daarvan was het toneel voor de Wereldtentoonstelling van 1929. Verder vindt u er het Poble Espanyol, het Pavelló Mies van der Rohe, het Palau Nacional de Montjuïc,

"Is het waar dat ze in de oorlog mensen menamen naar het kasteel van Montjuïc en dat je ze niet meer terugzag?" (...)

"In oorlogstijden gebeuren wel eens dingen die moeilijk uit te leggen zijn, Daniel. Vaak weet ik niet eens wat ze werkelijk betekenen. En af en toe is het beter de dingen te laten voor wat ze zijn.(...) Voor ze stierf, liet je moeder me beloven dat ik nooit met je over de oorlog zou praten, dat ik niet zou toelaten dat je je ook maar iets van het gebeurde zou gaan herinneren. (...) Soms denk ik dat ik me vergist heb door naar haar te luisteren. Ik weet het niet."

"Het geeft niks, papa (...)"

"Jawel, het maakt wel uit, Daniel. Niets is na een oorlog meer hetzelfde. En ja, het is waar dat er veel mensen dat kasteel zijn binnengegaan en er nooit meer uit zijn gekomen."

Comfortabel? Met de kabelbaan naar de Montjuïc

en de Fundació Joan Miró. Alles wordt met elkaar verbonden door veel park en groen, waardoor het er aangenaam toeven is.

Het militair museum biedt vanaf het terras een schitterend uitzicht over de binnenstad en het havengebied. Dat wil zeggen, nú kunnen we ervan genieten. In vroeger tijden ging het er volgens Carlos Ruiz Zafón wel anders aan toe.

Poble Espanyol

Voor de Wereldtentoonstelling kwam Josep Puig i Cadafalch met het idee alles wat typerend is voor Spanje, in één dorp te verzamelen. Dat resulteerde in het Poble Espanyol (hoewel Pueblo Español in dit geval misschien correcter is). Het openluchtmuseum toont vele gebouwen in verschillende stijlen, producten van kunstnijverheid, restaurants, winkeltjes en een discotheek. Afhankelijk van het tijdstip en het jaargetijde, is het een behoorlijke *tourist trap*, maar voor het bezichtigen van ‘Spanje in een notendop’, is het heel geschikt.

Avinguda del Marquès de Comillas, 13,

www.poble-espanyol.com

Font Màgica

Bij Plaça Espanya, lopend in de richting van het Palau Nacional,

De stad was altijd ingesloten tussen de stadsmuren. En de stad werd militair gezien altijd in de greep gehouden door de schootslijn van het kasteel op de Montjuïc en het fort waar nu het Parc de la Ciutadella is. Dus elke keer wanneer er een opstand dreigde, werd er een stuk van de stad gebombardeerd en weer een wijk platgegooid. Dan was er weer rust. En dat konden ze vanaf twee kanten doen, met de stad in de tang genomen ertussenin.

bevinden zich de verlichte fonteinen, die tijdens het zomerseizoen op gezette tijden 'choreografieën' uitvoeren op muziek. Ze zijn een enorme toeristische trekpleister. Tijdens de vaak zeer warme, broeierige zomeravonden is het helemaal geen gek idee om een tijdje naar al dat bruisende, gekleurde water te kijken en wat spetters op te vangen als het waait.
Avinguda Reina Maria Cristina

Pavelló Mies van der Rohe

Terwijl iedereen in Barcelona die iets ontwierp voor de Wereldtentoonstelling van 1929, bezig was met een renaissance, zette Mies van der Rohe met het Duitse paviljoen een gebouw neer dat helder, sober en functioneel was. Het gebouw werd na de tentoonstelling afgebroken en later gereconstrueerd. De stichting voor moderne architectuur en stadsplanning organiseert congressen, tentoonstellingen en workshops.
Avinguda del Marquès de Comillas, www.miesbcn.com

Caixa Forum

La Caixa, een van de grootste banken in Catalonië, heeft dit museum voor moderne kunst gefinancierd. Het is gehuisvest in de Casarramona. Een fraai voorbeeld van een industrieel complex dat is ontworpen door Josep Puig i Cadafalch.
Avinguda del Marquès de Comillas, 6-8

De chauffeur zette me af bij de ingang van de begraafplaats. Een cipressenlaan verhief zich in de nevel. Zelfs vanaf hier, aan de voet van de heuvel, was de oneindige dodenstad te onderscheiden, die steeds hoger de helling was opgeklommen en de piek achter zich had gelaten. Avenues van graftombes, lanen met grafstenen en stegen van mausolea, torens bekroond met vuurengelen en complete wouden van graven die tegen elkaar aan leken te groeien, bewaakt door legers standbeelden van bemoste steen die wegzonken in de drassigheid. Ik haalde diep adem en ging het labyrint binnen. Mijn moeder lag een honderdtal meters van dat pad begraven. Bij iedere stap voelde ik de kou van dit oord, de leegte en de razernij, de verschrikking van de in oude fotolijsten gevangen vergeelde gezichten, overgelaten aan het gezelschap van kaarsen en dode bloemen.

Palau Nacional de Montjuïc (Museu Nacional d'Art de Catalunya – mnac)

Met dit schitterende gebouw presenteerde Spanje zich op de Wereldtentoonstelling aan de wereld. Nu is hier duizend jaar kunst uit Catalonië ondergebracht. De romaanse en gotische kunst nemen een belangrijke plek in, maar er is ook ruimte voor barok en renaissance, het *modernisme*, *noucentisme* en avant-gardekunst.
Parc de Montjuïc, www.mnac.es

Fundació Joan Miró

In 1972 richtte Miró (1893–1983) de Fundació zelf op als museum voor zijn werken en als studiecentrum voor hedendaagse kunst. Lluis Sert heeft het witte gebouw ontworpen, waar in verschillende zalen en op het dakterras een overzicht wordt geboden van het veelomvattende oeuvre van de kunstenaar. Er zijn ook tijdelijke exposities.
Parc de Montjuïc, www.bcn.fjmiro.es

Kerkhoven

De kerkhoven van Barcelona zijn niet alleen interessant omdat in *De schaduw van de wind* verteld wordt over de begrafenis van Nuria, maar ook omdat de stenen figuren iets vertellen over de imaginaire wereld van Zafón. Voor niet-Spanjaarden lijkt het een vreemde manier om de doden te begraven: de kerkhoven hebben voor de gewone stervelingen muren met nissen waarin

De heuvel van kerkhof Montjuïc

Laatste rustplaats

de kisten van de doden worden bijgezet. Vanuit de verte lijken het net flatgebouwen met veel kleine ramen. Achter de glazen deurtjes zijn in steen of marmer de familienamen gebeiteld, vaak staan er foto's in lijstjes – gezichten die zijn bevroren in de tijd – of kleine knuffeldieren, en ervóór hangen of staan bloemen. De sfeer is bijna intiem en tegelijkertijd bevreemdend als je de vele gedateerde foto's aan je voorbij laat trekken.

Heel anders van sfeer zijn de delen waar de rijke families grafmonumenten en kleine mausoleums hebben neergezet: stenen

Er wordt hier algemeen aangenomen dat satanisten en satanische rituelen veel voorkomen in Barcelona. Je hebt hier ook veel spookhuizen en andere griezelige plekken. Een van de griezeligste plekken is het kerkhof op de Montjuïc, vind ik. En weet je waarom? Het oude gedeelte uit de negentiende eeuw staat vol met grote graftombes en mausoleums, engelen, wraakengelen, monsters, demonen. De rijken deden met hun eeuwige rustplaats hetzelfde als met de huizen waarin ze leefden, dus die tombes en mausoleums hebben enorme afmetingen en zijn uitbundig gedecoreerd. Een echte dodenstad, niet te geloven.

Laatste rustplaats voor rijken

figuren van engelen met naar de hemel wijzende vingers, dieren, rouwende maagden, omineuze marmeren beelden met kappen over het gelaat ... De engel der wrake, die vergeten en vervallen in de fontein ligt van het eens zo statige huis in *De schaduw van de wind*, wordt ineens driedimensionaal als je de vele sinistere engelen op het kerkhof ziet. Ook het *gothic* tintje van nevelslierten, poelen van duisternis en mist krijgen hier een extra dimensie. Een wandeling over het kerkhof bij grijs en mistig weer is ongetwijfeld een goede manier om een indruk te krijgen van Zafóns beeldenwereld. Het is dan bijna alsof de figuren zich van hun sokkel losmaken en gaan wandelen.

Het Cementeri de l'Est ligt nog redelijk dicht bij de binnenstad en helemaal achterin ligt een gedeelte met oude graven. Vele zwerfkatten bevolken het kerk-

Familiemausoleum

hof, wat beslist bijdraagt aan de sfeer. Volgens Carlos Ruiz Zafón is dit kerkhof het mooist.

Meer oude graven en figuren zijn echter te vinden op de Cementiri del Sud-Oest, die vanuit de binnenstad gezien aan de achterkant van de Montjuïc ligt. Hier is de begrafenis van Nuria gesitueerd. Dit kerkhof is wel moeilijker bereikbaar, het ligt in een industriegebied. Dus rustig en vredig liggen de doden hier niet. Voor wie niet van plan is om er uren rond te wandelen, is het het makkelijkst om er met de taxi naartoe te gaan, deze even te laten wachten en met dezelfde taxi weer terug te rijden.

Cementiri de l'Est Poblenou,
Carrer Taulat, 2
Cementiri del Sud-Oest,
Carrer Mare de Déu de Port, 56

Het oorspronkelijke idee was groter, niet één verhaal, maar een tetralogie waarvan alle vier de delen met elkaar verbonden zijn. Los van elkaar te lezen, maar alle vier met dezelfde toon, een beetje gothic, met een barokke, mysterieuze sfeer, bedoeld om een soort fictieve ruimte te creëren met als centraal punt het Kerkhof der Vergeten Boeken. Dat kerkhof bestaat natuurlijk niet, maar van dit fictieve universum zou het het centrum zijn en dat is precies wat ik wilde: met die vier verhalen een groots fictief universum scheppen, dat gebaseerd is op de stad waarbij ik gebruikmaak van de historische periodes waarin ik altijd al geïnteresseerd was. Ik hoop dat ik ze ooit allemaal zal afmaken.

Wij wachten met spanning af!

Praktische informatie

Bureau voor Toerisme

Op verschillende plekken in de binnenstad zijn er informatiepunten of -kantoren:

Plaça Catalunya, 17
(ondergronds)
Dit is het hoofdkantoor met de meest uitgebreide service: informatie over bezienswaardigheden, evenementen, openbaar vervoer, informatiemateriaal, hotelreserveringen, souvenirwinkels.
Hier bevindt zich tevens het loket van het Centre del Modernisme en een loket van de Caixa Catalunya met verkoop van concertkaartjes. Dit is trouwens een service die ook veel banken bieden. Via automaten zijn kaartjes voor allerhande evenementen te pinnen.
Dagelijks 9-21 uur

Parapluutjes beschermen tegen vettig haar

Plaça de Sant Jaume, stadhuis begane grond, Ciutat, 2
Ma-vr 9-20, za 10-20 uur,
zon- + feestdagen 10-14 uur

La Rambla, 115
Dagelijks 9-21 uur
Columbus monument,
Plaça Portal de la Pau, [s/n]
Dagelijks 9-21 uur

Estació de Sants, Plaça dels Països Catalans, [s/n]
Ma-vr 8-20 uur,
za, zon- + feestdagen 8-14 uur,
zomer dagelijks 8-20 uur

Luchthaven, terminals A en B
dagelijks 9-21 uur

Klimaat

Zeer gunstige maanden voor een bezoek zijn april, mei, juni en september, met aangename temperaturen en veel evenementen.
Juli en augustus kunnen heel heet en vochtig zijn. Augustus is de traditionele vakantiemaand

Mystieke lichtval in Santa Maria del Mar

voor veel Spanjaarden, dus restaurants, winkels, musea kunnen gesloten zijn of beperkte openingstijden hebben.

September en oktober gelden statistisch als de meest regenachtige maanden.

In de winter (november tot en met februari) is het over het algemeen niet echt koud. De weken voor kerst vinden er veel markten en evenementen plaats.

Maart en april kunnen al aangename temperaturen hebben, maar het weer is nog niet zo stabiel, dus hou rekening met regen.

Reisdocumenten

Geldig paspoort of voor burgers uit EU-landen een geldige nationale identiteitskaart.

Tijdzone

Midden-Europese tijd, inclusief de wisseling van de zomer- en wintertijd.

Taxi

Taxi's zijn in Barcelona een prima vervoermiddel, want ze zijn vrij goedkoop. De 11.000 taxi's zijn geelzwart gekleurd. In de binnenstad en bij toeristische attracties hoef je nooit lang te wachten op een beschikbare taxi (te herkennen aan een groen lichtje op het dak).

Er bestaat één tarief voor overdag en één voor 's nachts en op zondag. Er komen extra kosten bij van en naar het vliegveld en de haven en voor extra bagage.

www.taxibarcelona.com

Openbaar vervoer: Transports Metropolitans de Barcelona (tmb)

Barcelona heeft een uitgebreid metro- en busnet, waarmee belangrijke plekken goed te bereiken zijn. Behalve de gewone lijnen zijn er voor toeristen twee speciale buslijnen (Bus Turístic) met dubbeldekkerbussen, die langs alle bezienswaardigheden rijden en waar je de hele dag in en uit kunt stappen.

Er zijn enkeltjes, meerritten en meerdagenkaarten te koop. Kaartjes voor metro en bus zijn verkrijgbaar bij kaartautomaten,

Flessenopeners te over in El Xampanyet

kiosken, tabakswinkels en aan de loketten in de metro- of treinstations.

TMB-kantoren:
Universitat ma-vr 8-20 uur
La Sagrada Familia ma-vr 7-21 uur
Diagonal ma-vr 8-20 uur; gevonden voorwerpen
Estació de Sants ma-vr 7-21, za 9-19, zon + feestdagen 9-14 uur
www.tmb.net

Vliegvelden

Het officiële vliegveld van Barcelona heet El Prat. Sommige goedkopere luchtvaartmaatschappijen vliegen naar Girona. Dit betekent dat je met de trein nog een kleine twee uur onderweg bent naar Barcelona.

Criminaliteit

Barcelona is niet meer of minder crimineel dan andere grote steden. Dus gebruik je gezonde verstand in het bijzonder op drukke toeristische plekken. Neem onderweg mee wat je echt nodig hebt, berg dit goed op, mijd al te grote mensenmenigtes en hoedjes- en balletjesspelletjes.

Gepaste kleding in kerken

Officieel dienen armen en benen bedekt te zijn bij een bezoek aan een kerk. Vaak wordt er redelijk soepel mee omgegaan.

Fooi

Fooien zijn traditioneel niet heel erg hoog. Maar het hangt er natuurlijk ook van af hoe tevreden je bent over de dienstverlening.

Het is smullen bij de warme bakkers van Barcelona

Ouderwets Barcelonees eten in het 7 Portes

Openingstijden

Traditioneel is er tussen de middag een siësta, dus vanaf 13.30-16.00/17.00 uur wordt uitgebreid geluncht en rust gehouden. Dit is echter op grote schaal aan het veranderen.

Banken

De meeste banken zijn 's ochtends tot ongeveer 14.00 uur geopend.

Winkels

Veel winkels sluiten tussen 13.30 en 14.00 uur en gaan weer open tussen 16.00 en 17.00 uur. Na de siësta zijn de meeste winkels open tot 21.00 uur. Op heel toeristische plekken en bij grote winkelketens zijn deze tijden echter aan het veranderen. Veel winkels zijn ook op zondag geopend.

Restaurants

's Middags wordt in restaurants tussen ongeveer 13.00 en 16.00 uur gegeten, en een lunch kan redelijk uitgebreid zijn. Daarna gaan de meeste restaurants dicht om weer open te gaan tegen 21.00 uur. Wie eerder honger krijgt, kan terecht bij de vele tapas-bars om alvast een paar kleine hapjes te nuttigen.

Musea

Elk museum houdt eigen openingstijden aan. Het is daarom aan te bevelen hier van tevoren naar te informeren.

Gezellige ontmoetingen in Cafè de les Delícies

Folders

Aangezien in deze gids de nadruk ligt op plaatsen uit *De schaduw van de wind*, komt niet alle toeristische informatie uitputtend aan de orde. Het is daarom aan te raden om aan het begin van je bezoek aan Barcelona bij het Bureau voor Toerisme langs te gaan en wat folders en een plattegrond te halen, waarin alle belangrijke toeristische informatie te vinden is. Veel folders zijn gratis verkrijgbaar. Hier volgen een paar mogelijkheden:

Barcelona plano oficial

Deze uitgebreide en overzichtelijke plattegrond kost 1 euro en daarmee kunt u alle plekken uit het boek (inclusief de wijk Sarrià en de Tibidabo) vinden.

See Barcelona (Engels)

In dit boek is alle belangrijke informatie verzameld. Bezienswaardigheden worden heel duidelijk op de plattegrondjes aangegeven en kort beschreven.

What's on Barcelona (Engels)

Ook hier vind je alle belangrijke informatie over wat er in de stad te zien en te doen is.

Metropolitan Barcelona (Engels)

Stadsmagazine voor Engelstalige inwoners en bezoekers.

Guía del ocio (Spaans)

Wekelijkse uitgaansgids, waarin melding wordt gemaakt van evenementen, kunst, theater, bioscopen, maar ook restaurants,